華の記憶

岡田 孝一
OKADA Koichi

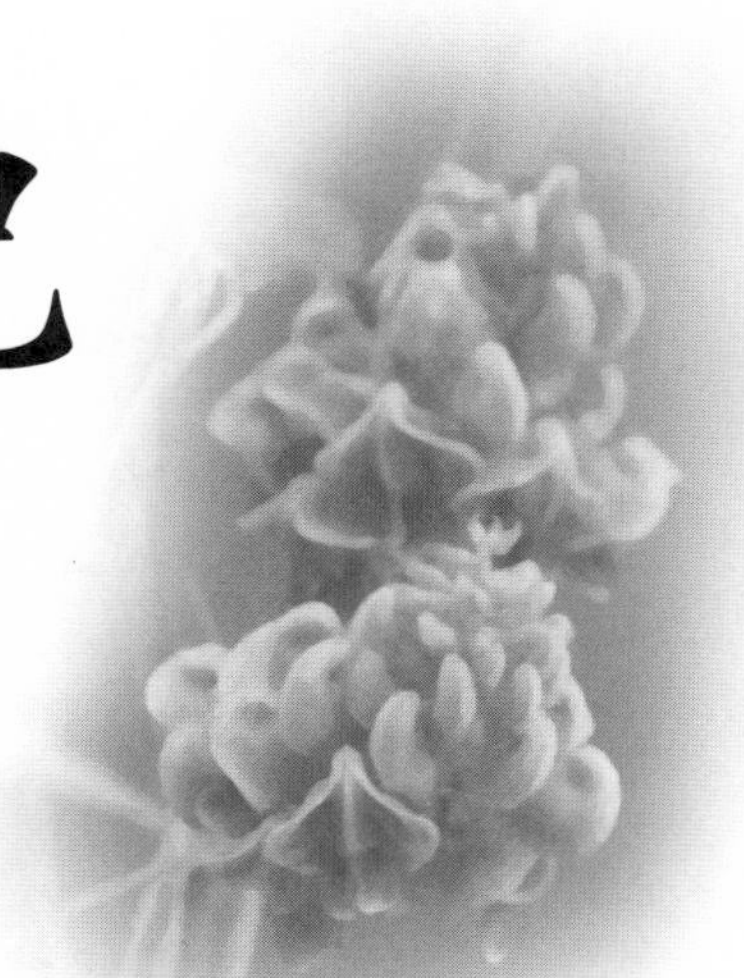

文芸社

この物語は史実や体験を交えて
筆者が創作したものです。

華の記憶 ——◇目次

俳人五逸伝

五逸 画

（一）

俳人五逸が上野国《こうずけ》渋川宿に着いたのは江戸後期、文化六年（一八〇九年）十月、既に秋の気配は濃く、道には落ち葉が上越国境の谷川方面からの冷たい風に飛ばされて舞っていた。渋川宿は、江戸から中山道を上り高崎宿から分かれて上越方へ向かう三国街道を行くと、利根川沿いにある同街道の主要な宿場であった。

（寒いな、今夜は何処で一夜を明かそうか）

しかし当てもなかった。ゆるい坂道をゆっくりと歩み始めた。還暦を過ぎると、流浪の旅も一段と厳しさを増す。

「坊さん、風邪引くよ」と呼ばれて気がついた。宿の中心から少し上ったところに寺院があった。その一角、薬師堂の風の当たらない場所で休憩したが、寝入ってしまったらしい。前には眼のくりくりした七、八歳くらいの男の子が立っていて、首を傾げてじっと五逸を見ている。

「おっ、ありがとう、坊や」と頭をなでて、道中の茶店で出された菓子を渡すと、にこっと笑って去って行った。

（さて、今夜一晩しのげるところを探さねば）

しかし宿賃など持ち合わせていない。知り合いがいる倉渕村まではここから一日の行程だ。今からではたどり着けない。

見渡せば、夕餉の支度でもしているのだろうか、あちこちから白い煙がたちのぼっている。

（このお堂の庇でも借りるとするか。急ぐ旅でもない）

一服火をつけて立ち上がると、「坊さん」と大きな声がした。振り向くと子供が駆けてくる。目を細めて見ると先ほどの子供が大人を伴って近づいてくる。母親だろうか。近くまで来るとその女は頭を下げた。三十代に見える。

「お坊様、よかったら家にお寄りください。できたら、この子の妹の回向をお願いできないでしょうか」

「どうなすった、娘さんが亡くなったとは……」

「ここら辺りだけではなく、国のあちこちで流行病《はやりやまい》に罹り子供が亡くなっているらしく、うちの子も七日前に亡くなりました。寺の住職も病に臥せっていて、ろくな弔いもできませんでした。お願いいたします」

そういえば高崎からの道中、村々にも活気がなかった。

(そんな事情があったのか)

五逸は全く気がつかなかった。

「うん、実は儂は……」と口まで出かかったが、続く言葉をのみこんでしまった。僧ではないと否定したところで、法衣をまとったこの身なり、しかも母親の必死の願いは断りづらかった。

「わかりました。弔いましょう」

了解すると、男の子は笑顔で「坊さん、行こう」と、五逸の手を引いて歩き始めた。

「よかったね、カツ」

男の子の名はカツというらしい。

五逸が法衣を着たのは先人たちにならったばかりでなく、行脚して施しを受けるにも都合がよく、関所の通過も容易かったし、盗人、盗賊からも身を守ってくれるからである。念仏は五逸の生まれた家の近くに寺があり、子供好きな和尚が法話などを面白おかしく話してくれたり、葬儀も近くでよく見ていて、和尚のしぐさも身についてしまった。両親に和尚の真似をしてよく笑わせたものだ。

薬師堂から一町（約一一〇メートル）ほど上り、往還を少し入ると屋敷があった。敷地は三百坪以上はあろうか。その中にしっかりとした作りの古家が建っていた。農家ではない、宿所とも違う。

（はて、何を生業としているのか）

五逸には見当もつかなかった。玄関前で屋敷を見渡していると、カツに促された。敷居をまたぐと、屋内になにやら香しいものが漂っているのに気がついた。

「うん？　これは……」

「お坊様、お気づきですか、当家は代々薬を作っています。店は出しておりませんが、越中からも仕入れており、自家で作ったものも、近郊に卸しております。主人は三年前に二人の子供を遺して他界してしまいました。今は主人の両親と私とで家業を続けています」

「それは重ね重ね、お気の毒に」

八畳の居間に通されると、まもなく七十代の品のよい老夫婦が顔を出して、丁寧な挨拶を受けた。仏壇には線香とろうそくが灯され、青い煙が室内に流れていた。茶が出され、一息入れると、五逸は仏壇に向かい、般若心経の一部と「南無阿弥陀仏」を何度か唱えた。そして、持ち歩いている数珠を鳴らして故人の霊を慰めた。

「実は儂は僧ではありません」

五逸は身分も明かさずに僧侶の真似事をしてしまったことを悔やんだこともあって、正直に吐露して頭を下げた。すると主人が、

「頭をお上げください。私共は回向してくださっただけでもありがたいと思っています。故人もきっと喜んでくれたことでしょう」

と、僧か否かなど詮索する気さえ見せず、五逸を気遣ってくれた。

「さあ、お清めをどうぞ、サキも進めて」

婦人が後ろから声をかけてきた。振り返ると、いつのまにか簡単な酒席の用意がされていた。

若い女はサキという名らしい。

盃を受けて一口すすると、腹にしみわたった。久しぶりに飲む酒は心地よかった。しばらくくつろいで、何気なく仏壇の横の床の間に目をやると、俳画賛軸が掛けられているのに気がついた。近くによって見ると、

快よやとちら向ても花の春　　若葉

とあり、筆一色で桜や菜の花らしきものが丁寧に描かれていた。

「ほほう、どなたの句ですか？」

「恥ずかしい限りです」

サキが頬を赤らめながら答えた。

「待ちどおしかった春がようやくやって来て、その証が野に咲き乱れる花々だ。心ときめき、何かを期待する気持ちがよく表れている」

五逸は若葉ことサキの句の感想を述べた。

「とても皆さんにお見せするなど……まことにお恥ずかしい限りです」

「この地では句は盛んと見えるが」

「榛名山を越した南に草津温泉へつながる室田というところがありますが、そこから倉渕村周辺にかけては、俳諧を志す人が多いと聞きます。草津には一茶翁と知り合いの鷺白様という偉い方がおられるようです」

「なんと、一茶殿と」

五逸は江戸で一茶とは何度か顔を合わせている。武蔵でも句会で一度出会ったことがある。齢は五逸より若いが独特な俳風には惹かれるものがあった。

「私の師匠が倉渕村の先の元宿というところにおられまして、時々、この町に句の指導で見えます」

五逸は倉渕には何度か訪れて句の指導なども行っている。今回の旅もこの地を経て、そこへ足を延ばすつもりであった。さて誰が指導しているのだろうか、と思ったが黙っていた。

「あなた様も句を……」

主人が酒を注ぎながら聞いてきた。

「申し遅れました。五逸という乞食《こつじき》でございます。武蔵や下野、ここ上野などを徘徊修行している無骨ものです」

少し酔ったようだ。五逸は再び頭を深く下げた。

「一茶翁とお知り合いでございますか」

「いやいや、とてもまだまだでございます」

主人の問いには直接答えずに謙遜しながら五逸は盃を空けた。

五逸は各地を巡り、地元で俳句を詠む後見人などの世話を受けながら暮らし始めて、もうかれこれ二十年は超した。無論、家庭などは持ったことはない。「一荒庵」という松露庵系の庵を立ち上げたものの定住せずに放浪に近い生活を送っていた。しかし最近はふと老いを感じることもある。いつまでこうした旅を続けることができるのかという不安にもつながった。

「今夜、お泊まりのご予定は？」

「まだ特に決めてはいませんが、これから探そうと思っています」

当てもなく、金もないのに偽りの言葉が出てしまったのは、ここの家人にいらぬ心配をさせたくなかったからだ。

「よろしかったら、お泊まりください。何もおかまいできませんが」

サキの温かい言葉に五逸は思わず胸が締め付けられる気がした。

「坊さん、泊まってゆっくりしていって」

カツまでも声をかけてくれた。目頭が熱くなり滲んできたものがある。鼻をすするふりをして涙を手で拭った。

こんなことは今までなかった。齢を重ねると、こうまでも弱気になってしまうものなのかと、改めて実感した。

母屋の右手に作業所があるらしいが、その隣の八畳一間ほどの離れ座敷に案内された。

いらぬ気を使わせたくない家人の配慮であろう。五逸は久しぶりに湯につかり、くつろぐ一夜を過ごすことができた。


翌朝、目が覚めると、隣の作業場辺りから音が聞こえる。仕事でも始めたのかとのぞくと、使用人だろうか二人おり、主人と碾き臼をひいていた。

「おや、もうお目覚めですか？　ゆっくりしてください」

主人が振り向いて挨拶した。

「いや、お蔭様で十分休ませていただきました。ありがとうございました」

作業場には乾燥させた薬草だろうか、大量に吊るされていて、独特の香りが漂っていた。

「半年くらいはこうしておき、やがて粉に加工します。これからが忙しくなります。現在ここには十種類くらいの薬草がありますが、いずれも晩春から採取したものです」

主人は表に出ると近くの山を指さして、あそこに見えるのが榛名の山々で、その北面が採取するところであると教えてくれた。南より北の方がよい材料が採れるという。

周りの山々は既に秋の気配が濃い。

「五逸様、ここには車前草《しゃぜんそう》（オオバコ）、木瓜《ぼけ》、朮《おけら》（白朮《びゃくじゅつ》）、細辛《さいしん》、苦参《くじん》などがあります。そしてあの隅にあるのは毒草です」

毒草をなぜ採取するのかと、五逸が問う前に主人は、

「毒草と言っても、翁草《おきなぐさ》は心臓、苧環《おだまき》は皮膚炎や胃腸炎に効果があります。使い方によって文字どおり毒にも薬にもなるわけです」

しばらく薬についての主人のうんちくを聞いていたところ、サキが朝食の準備が整ったことを伝えに来た。そして、

「先生、明後日に倉渕の先生が見えますが、お会いになったらいかがですか」

一晩思わぬ接待を受けて、今日は早々に退散しようと考えていただけに、滞在を延ばすようにと声をかけられて逡巡してしまった。主人も「お急ぎの旅でなければ、どうぞゆっくりなさってください」と言葉を重ねてくれた。カツもじっと五逸を見て返事を待っているようである。

「ご迷惑をおかけしますが、よろしくお願いいたします」

五逸は甘えることにした。だが何か役立つことはないか、頭をめぐらせてみた。

「お役に立つかわかりませんが、この地で句を学ぶ人に助言などをしてあげてみたいが、

いかがかな」

「ほんとうですか。現在指導を受けている人は十名ほどいますが、皆、喜ぶと思います」

サキは満面の笑みを浮かべた。


サキたちの住む家から少し下った、宿場の中心にある上越屋という宿が句を学ぶ場所で、早めに昼飯を済ませて五逸はサキと共にそこに向かった。カツも楽しそうについてくる。

規模は小さいが繁昌しているように見える宿だ。サキが言うには夫婦そろって句が好きで、場所も積極的に提供してくれるそうだ。母屋から少し離れた主たちが寝起きする別棟に案内された。きちんと整理され、茶器も用意されている。広い庭には一本の大きな柿の木がある。色づいた実がたわわについていて光り輝き、その下ではすすきの穂が風に静かに揺れている。

カツは着くなり、この家の少し年上の男の子と外へ飛び出していった。

既に二人の弟子が着座していたが、五逸に向かって、きちんと挨拶をした。昨日あたりにサキが五逸のことを話しておいたのであろう。

茶などを飲んでいると、半時くらいして敷居をまたぐ人物を見て五逸は驚いた。相手も目を見開いている。

「指導なすっていたのは旭石さんでしたか」

「先生、お久しぶりです。その節は大変お世話になりました」

旭石と呼ばれた男は頭を深々と下げた。畳の上でも丁寧な挨拶をした。

「先生、お蔭様で芭蕉翁の塚も寺の境内に建立できました。弟子一同感謝しております。まさかこのようなところでお会いできるとは……」

旭石は感激したのか目頭を熱くしているようだ。

間もなく一同が顔を揃えたところで旭石は五逸を改めて紹介した。

「この先生は大恩人で、あれは三年前のことでして……」

サキをはじめとして皆は五逸のことを知るや、居住まいを正した。

（二）

それは渋川に投宿する前、文化三年（一八〇六年）の春のことである。

五逸は草津温泉方面に行くために高崎から信州街道を上っていた。

途中、榛名神社に詣でてから、倉渕村に着いた。

この街道は江戸期には中山道の脇往還として草津や北信州へ抜ける道筋で、途中には二つも関所が置かれていて、中山道の碓氷の関所から北を固める重要な役割があった。

その一つである大戸の関所を越えるには間に合わない。五逸は何軒か当たったところ、ある民家に幸い泊まることができた。茶飲み話で句のことが出ると、この辺りは句が盛んで、その指導的立場の旭石と龍秀を紹介されたのである。二人は材木商など商売を営んでいるいわゆる旦那衆であり、道楽がこうじて句と深く付き合うようになったとのことである。

これが縁で倉渕には長く逗留することにもなった。五逸はその間、熱心に指導を行い、弟子たちも次第に増えて三十名を超えて、作句の腕も上がっていったのである。

しばらくして、二人は五逸を後見人に依頼した。五逸はこれを快く受けた。倉渕村とのつながりは、さらに強くなっていった。

ある日、二人からこの地に芭蕉翁の句碑を建立したいとの相談を持ちかけられた。

相談とは、村内の寺の住職が境内に建てることをなかなか了承しないのでなんとかならないか、ということであった。また、石に刻む選句に戸惑っているので助言が欲しいとのことであった。

後段はともかく、場所の確保が優先と見た五逸は計を考えた。というのは以前にも何度か同様な相談を受けて、解決に導いた経験があったからである。

二、三日後、二人を伴い、ある寺を訪ねた。寺は村内を流れる烏川から南に丘を少し上ったところにある蓮華院という小さな寺で、寺の正面から上越の山々が遠望できた。場所は申し分ない。五逸は二人がここに建碑しようとした理由《わけ》が理解できた。二人も頷いている。
手土産を渡して住職にかけあうと、この寺は末寺なので本寺の許可が必要であり、自分では判断できないとのことであった。

半時ほどで引き揚げたが、五逸は二人に言った。

「聞くところによれば、この寺は真言宗豊山派の系統で、本寺は山を越えた中山道松井田宿にある龍本山松井田院不動寺という寺らしい。そこに行かねばならないだろう」

不動寺は鎌倉時代に開山し、徳川三代将軍家光からの拝領もされて、脇寺は八ヵ寺、末寺は十七ヵ寺を配下におき、七千坪の敷地を有している古刹であった。また寺内には仁王門や数々の寺宝があるという。

七日後に三人は松井田に一泊する予定で不動寺を訪ねた。倉渕からは地蔵峠と、もう一つ山を越えなければならない。

早朝に発ったが、寺にたどり着いた時には陽は西に傾いていた。石段を上り、仁王門をくぐると、満開のつつじに挟まれ石段がなお続き、やがて本堂が左に見えた。庫裡は右にあるらしい。声をかけると品のいいお内儀らしい年配の女性が応対し、すぐ横の客間に通された。

しばらくして白い口髭を顎の下まで伸ばした老僧が現れた。八十歳は超えているだろう。だが笑みを浮かべて、遠くから来た三人をまずねぎらってくれた。三人は安心して話を進めた。句碑建立については簡単に承諾してくれた。

茶の接待など受けて世間話などをしていると、僧から意外なことを聞かされた。一茶が松井田を通る時は必ずこの寺に顔を出すということである。無論いくばくかの志を一茶に渡しているのであろう。

「そうそう、一茶殿がしたためてくれたものがある」と言って部屋を出たが、すぐに色紙を手にして戻った。

山下て桜見る気に成にけり　一茶

「南に見えるあれが妙義連山だ。ここから一時《いっとき》半もあれば麓に着くことができよう」

僧は障子を開けて南方を指さした。

「一茶殿は若き日に江戸に出て、初めて帰郷する時にあの山に登ったらしい。しかしあまりにも峻険な岩場が続き、生きた心地がしなかったと聞く。どうにか下山して、ほっとして満開の桜を眺めてこの句が浮かんだ、と話された」

三人は村からは遠くに聳える妙義は見ているが、ここから見ると、僧の言う山塊の嶮しさが垣間見える。

一茶の行動範囲の広さは承知していたが、あの山まで登るとは……五逸は改めて一茶の好奇心と探求心に感心するばかりであった。

「して、今夜はこの宿にお泊まりかな」

僧は陽が傾き始めたのを見て三人に声をかけた。

「はあ、そのつもりで参りました」

龍秀が答えた。

「だったら、山仁や兵吉という宿が金井本陣の前にあるから、私の名を出しなさい。一茶殿もよくそこにも顔を出すらしい」

三人は懸案事が簡単に解決したことと、一茶の馴染みの宿を紹介されたことで、僧には心から礼を言って寺を辞した。


宿はすぐに見つけることができた。通りは旅人が宿をもとめ、また勧誘する客引きの声が響き、喧噪としていた。

山仁やに入ると今満員になったと聞かされた。不動寺の名を出すと、主人が顔を出して少し待つようにと言った。間もなく戻り、

「あいにくなことで申し訳ありません。よろしかったらこの先に親戚筋の宿がございます。使いの者が確かめてきましたので、部屋は確保してございます。ご案内いたします」

と頭を下げた。

信州方へ七、八軒行くとその宿があった。山仁やよりは少し小さめな宿だ。案内してく

れた手代に礼を言った。

部屋でくつろぐと五逸に対して二人は改めて感謝の意を述べた。山道を二つも越えて、しかも杖をひく五逸に頼ってしまった自責の念もあったのかもしれない。


翌朝はゆっくりと朝食をとった。肩の荷もおりたことだし、今日は倉渕に帰るばかりだ。宿泊者は明け六つ（午前六時頃）には動き出す。既にほとんどが宿を発ってしまったようだ。往還の通行人も少ない。

松井田宿を発つ前に一言挨拶しようと五逸たちが山仁やに立ち寄ると、主人は部屋に通して茶をふるまってくれた。使用人もあらかた後片付けを終えて休憩でもとっているのだろうか、姿も見えずに閑散としている。

「一茶殿はよくここにお立ち寄りになると聞きましたが」

五逸の問いに主人は、

「故郷の信州柏原と江戸を何度も行き来しておられますので、よくお見えになります。その折には江戸などの様子も話してくださいます」

「なるほど」

「お泊まりになることもございます。私も少し句などをたしなみますので楽しみにしています。安中や坂本にもお泊まりになるらしいです」

「是非お会いしたいものだ」

五逸の真剣な顔を見た主人は、

「五逸様はどちらにご滞在でございますか？　お見えになるようなことがわかりましたらご連絡いたしましょう」

と言ってくれた。五逸は主人の言葉に期待したわけではないが、倉渕の滞在先を一応告げておいた。それから一時ほどで三人は山仁やを辞して帰途に就いた。


間もなくして、五逸は故郷武蔵の妻沼に帰った。だが、秋口には倉渕に戻った。

蓮華院には本寺不動寺から連絡が入り、境内に句碑を立てることの話がついたと聞いた。

五逸はほっとして、刻む芭蕉の句の選定に入った。あれやこれやと考えたが、なかなか決まらない。

しかし、二、三日後に突然ひらめいたことがあった。

（そうだ、松井田からの帰途、休憩したところに桜の大木があって大輪の八重桜が見事に咲いていた。しかも、蓮華院には観音もある。これにしよう）

観音のいらか見やりつ花の雲　　芭蕉

芭蕉はこの句を江戸市中から移った深川庵で作っている。当時は居宅から浅草の金龍山浅草寺の屋根が遠望できた。そこには満開の桜がまるで雲が屋根瓦を包むように咲いていた。こんな情景を詠んだのだろう。この時既に『おくの細道』への心の準備はできていたのであろうか。

知らせると、旭石と龍秀も喜んでくれたので五逸は一安心した。

しばらく滞在したが寒くなる前に五逸は武蔵の妻沼に戻った。

妻沼では五逸はこのまま今の生活を続けることが可能かどうか考えることが多くなった。不安なのは体力のことだ。杖が欠かせないとは情けないことだが、これも現実である。でも一日に十里以上歩いた自信は今も気力としては残っていると思っている。

旅は決して楽なことばかりではない。乞食と蔑まれて追い払われたことも一度や二度ではない。寺や堂の軒を借りて寒い一夜を過ごしたり、ひもじくて水で腹を潤し、墓前の供え物を口にしたこともある。

俳人に限らず、僧も含めて修行行脚している時に宿泊するのは大方、寺院、農家（庄屋など）、豪商（酒造家など）、阿弥陀堂、宿などであった。

滞在先で俳句の指導をしても、報酬にあずかるとは限らない。行脚俳人には、初対面であっても、「わらじ銭」として、なにがしかの餞別を与えるのが常と言われているが、それは必ずしも習慣化はされていなかった。酒食や宿泊をもって金銭にかえることもあった。ともかく、俳諧を渡世とすることは容易ではなかったのである。

しかし五逸はつらいと嘆くことはしなかった。西行や宗祇などの先駆者もそうであった。栄達を投げ捨て俗世間とは一線を画して歩んできた。

芭蕉はこれを「山野海濱の美景に造化の巧を見、あるは無衣の道者の跡をしたひ、風情の人の實をうかがう」（『笈の小文』貞享四年）とした。そしてまた「古しへより風雅に情ある人々は、後に笈をかけ草鞋に足をいため、破笠に霜露をいとふて、をのれが心をせめて物の實をしることをよろこべり」（『送許六詞』元禄六年）を胸にいだいて練行をした。

その旅は詞を求め、道を求める、修行三昧の行脚であった。

五逸はこの言葉をしかとかみしめて今日までできたのである。

しかし芭蕉翁にどれだけ近づけたかはわからない。自信もない。そして体力の衰えを感じるようになってしまった。ここらで自分としての集大成を考えなければならないと思うこともある。

(だが何を残せるのであろうか)

いまだ浮かばぬままであった。

(三)

渋川では時々、旭石や龍秀も指導に加わることもあったが、次第に五逸に任せるようになり、二人の足も遠のいていった。五逸を前にして指導することに遠慮したのかもしれない。

弟子たちも近隣の村落からも参加するようになり、三十人ほどに増えて、作句もそれぞれが上達していった。

正月が明けたある日、珍しく旭石と龍秀が渋川のサキの家にいる五逸を訪ねてきた。新年の挨拶も兼ねているようだ。

「ご盛況でなによりでございます。倉渕にもたまにはおいでください」

龍秀は挨拶と共に懐から包みを取り出して五逸にそっと渡した。後見人には時々こうした金子《きんす》などの援助を行う。五逸はありがたく受け取った。

サキが茶を運んできた。旭石は世辞をまじえて、

「サキ殿も大分進歩なさっているようですね。先生も褒めておられる」

と言うと、サキは頬を赤らめて、

「とんでもございません。いつも叱られてばかりです」

と恥ずかし気に答えた。

「ところで、先生、僭越ですが、こうして弟子も増えたことですし、ここらで一区切りとして、句集などにまとめられたらどうでしょうか」

旭石の真剣な言葉に五逸は、

「うん、儂も考えないわけでもない。こうしてサキ殿や家人には大変世話になってしまい、

何かしなくては、とは思っていたのだが」

「私の知り合いに版木摺りの職人がいます。製本についてもお任せください」

旭石の心強い言葉に五逸は本気で構想に取り組もうと心に決めた。

早速、この月の句会で弟子たちに趣旨を話した。弟子たちは皆喜んでくれた。俳号をそれぞれが持っていたほどなので、一句自ら推敲して二月中に提出するように指示した。


五逸は月末には妻沼に帰り、八王子の松原庵まで足を延ばすと、高弟の兀雨《ごうう》がいたので句集のことを話した。

「その節には是非一句参加させてください。江戸などの庵にも声をかけてみましょう」と快く賛成してくれた。

五逸はそれから、近辺の俳友にも声をかけて折り返すように渋川に戻った。


その晩カツが高熱を出した。顔が真っ赤になり、咳も出ているようだ。朝から食事もとれない状況だという。サキは亭主と長女をなくしているだけに、必死で看病している。五逸はその姿を見るといたたまれない。

（流行病《はやりやまい》でなければよいが、何とかしたい）

五逸は母屋に頻繁に顔を出してカツの様子を心配げに窺っている。薬も与えたが効いているかどうか症状は変わらず、医師があいにく留守で明日にならなければ戻らないらしい。

五逸はその時、江戸で薬問屋を営む弟子から南蛮渡来の薬を幾種類かもらったのを思い出した。道中を気遣って持たせてくれたのだ。だが、五逸は健康には自信があったので、そんなにありがたみも感じないで、携帯袋に放り込んでおいたのである。修行の携行品は丈夫な、はりっか（反古紙）と呼ばれる行李に、着替えの衣類、俳書、句帖、硯、筆墨、旅行案内書、路銀、薬、キセルなどを入れていた。

離れに戻り広げると、効能別で袋に分けられていた。探すと風邪の丸薬があった。また、以前読んだ『養生訓』に書かれていた風邪対策を実践して効果があったので、家人に話してみようと急いで母屋に戻った。

『養生訓』は正徳二年（一七一二年）に儒学者・貝原益軒（一六三〇〜一七一四年）によって書かれたもので、主に健康を維持する方法だが、薬効についても触れていた。

風邪については「セイキョウ（ショウガ）」の粉末を熱湯で溶いて飲ませるが、子供にも与えてよいとされていた。五逸は家人に「セイキョウ」を用意させた。すりつぶして甘味を加えて、少し冷ましてから、丸薬と共にカツに飲ませた。

「これにより発汗が促される。さすれば熱もひく」

五逸は祈る気持ちで離れに戻ることなくカツを見守り、、サキと共に頭を冷やす手拭を頻繁に替えたり、身体を拭くなど看病を手伝った。

そうこうしているうちに、眠ってしまったらしい。明け五つ（午前五時）くらいになって、鶏の鳴き声で目を覚ました五逸は、寝床からこちらを向いてにこっと笑っているカツの姿が見えた。

「どうじゃ、具合は」

「うん……」

傍らのサキも目を開けた。さすがに徹夜はこたえたのであろう。

「カツ、気がついたかい」

カツの顔色は元に戻っている。額に手をやってから、

「先生、ありがとうございました。ご面倒おかけして、ほんとうに……」

サキは五逸の手を思わず握ってしまった。

五逸は女の手に触れることなど最近では一度もなかった。鼓動が速まったのを気づかれはしまいかと、そっと手を引いた。

「よかったよかった、悪い病でなくて。カツ、早く元気になれよ」

とだけ言って離れに引き揚げた。

戻ってから五逸はサキが触れた手をじっと見ている。冷たいが柔らかい感触がまだ残っているようであった。

（四）

弟子三十七名の句が二月末までにすべて揃った。さらに句をたしなむ近隣からも多くの人が寄せてくれた。総数は百名を超えた。

こんなにも短期間で句が集まったのはサキの力によるところが大きい。商いを通した顔の広さ、人柄によるところもあったに違いない。また、旭石たちも尽力してくれたのだろう。五逸はそう感じていた。

そしてサキには五逸がこの家に初めて来て床の間で目にした、「快よや……」の句を載せるように、と強く推していた。サキは新しいものを考えているようであったが、五逸の指示に従った。

五逸は何故この句にこだわったのか、冷静に考えてもよくはわからなかった。ただあの句はサキの化身のようで、サキが春の野で花々の中に静かに微笑みながら立っている姿が、五逸には時々ふと浮かんでいたのだ。

十日ほどで江戸などの松露庵系からも句が届いた。

そして、なにより驚いたのは栃木、満願寺の釋浩然《しやくこうねん》和尚が漢詩を送ってくれたことだ。サキが離れの五逸にその封書を持ってきた。開くと鮮やかな筆字で、短文だが春の情景と句集出版を祝う内容がしたためてあった。

「このお方は?」

サキが聞く。

「大分前だが、下野の足利に足をとめたことがある。その時弟子がどうしても会わせたい方がいる、と栃木まで足を延ばした」

「そこでこの方とお会いになられたのですか?」

「出流山《いずりゆうざん》満願寺という古刹でお会いした」

釋浩然は薩州出身で、名は良雄。七、八歳から仏法に関心を持ち、九歳で剃髪して仏門に入ったと言われている。文化三年（一八〇六年）から約六年、下毛の満願寺に留まった。しかし、元来一カ所に留まることを好まず、各地を流れて修行した。また特に筆書は卓越していた。江戸後期に出版された『本朝名家手簡』には室町から江戸後期までの名筆者十二名の手紙類が載っている。千利休、村瀬拷亭、狩野探幽など、そうそうたるメンバーである。そのしんがりに釋浩然が名を連ねている。

「儂も筆書は習ったが、なかなか思うようにはいかない」

「先生の筆字は他が真似できるものではありません」

サキの言葉は嬉しかったが、五逸は眼を瞑り、釋浩然の短い言葉を反芻していた。

「サキさん、実は釋道士に『〝書の極意〟を教えてほしい』と無意味な問いを発してしまったのだ」

「釋和尚様は何とお答えになったのですか」

「短くこう言われた。『率意《そつい》に尽きる』と」

サキは初めて聞く言葉であった。きっと深い意味があるに違いないと、黙って五逸の口元を見ていた。

「率意とは、他人に見せるために練ったものではなく、気取らない、飾り気のないことだ」

「では自由に、思うままに、筆を走らせればよいのですか」

「まあ、その答えは儂にはすぐには言えない」

言葉としては理解できるが、その裏には深く、長い意味が隠されている。五逸はそれがわかっているだけに、サキには安易な回答を避けた。いずれは言わねばなるまいが。

サキはそれ以上何も聞こうとはしなかった。


五逸は一人になると、寄せてくれた句を自らの手ですべてを下書きすることに決めた。

(わずか半年ほどの子弟関係に過ぎないのに、これほど意を汲んでくれた皆には報いなければならない。せいぜい自分にできることはこれくらいだ)

五逸はまた、弟子たちの句には一切手を加えないことにした。

(僅かな間教えただけだ。あれやこれやとは言うまい。作句した者も充分推敲したに違いない。現在の実力をすべて出しきったものであろう。句集は活字としてしばらくは残る。さらに学んで振り返った時に、己の成長に気がつけばそれでよし)

五逸はそう考えたのだ。

忙しくなった。五逸は机上に積まれた句をしたためた文にいとおしげに手を置いた。


三月に入って早速、旭石が手配した彫刷師が絵師を伴って高崎から訪れた。

まず五逸の素描を始めた。

五逸は法衣姿で、八の字髭と顎全体にも髭をのばして、頭髪は後ろで束ねて、それを法衣と同じ絵柄の布で巻いた。そして右手には愛用の杖を持ち、片膝を立てて、斜めに構えて座した。眼光は平時と違ってやや鋭く前をにらんでいる。

絵師は五逸を俳偕の宗匠と聞いて、厳しい姿に描いたのであろう。

描き終えた自分の画像を見て、五逸は傍らのカツに「怖い顔だな、カツ、どうだ？」と聞く。

「ううん、そんなことはないよ、坊さん、そっくりだ」と率直な感想を述べた。

松露庵系からは四人がそれぞれの庵から句を寄せてくれた。

月の夜や泊さためて山桜　　松露庵兀雨

兀雨は松原庵二世（三世との説も）、松露庵五世（六世との説も）を継ぎ、『松露庵随筆』を編集し、巻頭句も担当した。松露庵は鳥酔の庵号。初代鳥酔は上総で代官を務めた武士。罷免され、俳諧に専念して諸国を巡った。門下には加舎白雄がいた。

起々の心動きぬ花盛　　松露庵坐来

坐来は六世松露庵を継承し、鳥酔追悼全集『華の終』を編集している。

人群のよこれ戻るや朝の花　　年々坊其堂

其堂は『筑紫みやげ』を著している。年々坊（庵）から春秋庵を継承。

青柳やひたり短き船の棹　　雪中庵完来

完来は雪中庵四代を継いだ。『江の島まうで』『藤衣』などの編著。雪中庵は服部嵐雪が立ち上げた。嵐雪は蕉門十哲の一人、芭蕉の主要門弟であった。

四人は葛飾蕉門派の名のある庵を継いだ宗匠たちである。たぶん松原庵の兀雨が手をまわしてくれたのであろう。兀雨は武蔵八王子の生まれで、地元で医師になった。五逸とは同郷である。力を貸してくれたのはそのこともあったのだろう。

(句集を彩ってくれてありがたいことだ)

五逸は深く感謝した。

「先生、この方たちとはお知り合いですか?」

サキが問う。

「話を交わしたこともない御仁もおるが、顔は知っている」

「こんなに立派な方の作品と一緒に句集に載ったら恥ずかしい」

「サキさん、そんなことはない。芭蕉翁はこんなことを言っておられた。『努力だけでは真実の俳諧はつくれない……努力を忘れて努力を失ってはならない……俳諧は自然に生まれる』と」

サキは五逸の言った意味が理解できず、困惑顔で黙った。

「いや、儂もよくはわからんのだよ。翁の言葉は深くて、長いからな。ただ、凡な句がたくさんできたとしても、新たな気持ちで挑んでいく心が大切だと思うが」

五逸はサキにそう言ったものの、それは自分に返ってくる言葉だと気がついた。サキにはこの言葉は芭蕉翁が既に重い病にあって、大坂の花屋仁左衛門の別邸で横たわっている時のものだと伝えた。そして、死を前にして人生五十年の歳月が次々と去来していた九月十二日の朝、翁は人を遠避けて沐浴、不浄を清め、香を焚いて、黙想に入る。その翌日、安臥無言の午前も過ぎ、午後も段々と傾きかける申の刻（四時頃）に、芭蕉翁は西へ沈み行く太陽と共に眠るが如き大往生を遂げた、とも聞かせた。

五逸は余命を自らに見立ててはみたものの、翁のような心境に立てるかどうか自信はなかった。だから現世では不要なものは持たず、捨て去り、安養世界（極楽浄土）を目指すことを、改めて五逸は祈念するのであった。

さらに思わぬところからも届いた。下野の足利と栃木の三名である。江戸筋から連絡でもしてくれたのだろう。下野には句集のことは話す機会がなかった。この地では短期間であるが、句の指導を行ったが、いずれもその弟子たちである。

年々に詠尽さぬか櫻かな　　下毛ヲソ子一志

七尺の屏風は隆猫の戀　　下毛アラハキト鳥

雪とけや谷に麦つく水車　　下毛アラハキ吐涼

五逸は句集の動きがあってから温めていた巻頭の言葉や句についてそろそろまとめたが、自らの句をどの程度載せるか、また旭石と龍秀の二人の扱いについてどうするか、まだ結論は出ていなかった。また句集の表題については全く白紙の状態であり、高崎の彫師と摺師にも早く原案を届けなければならないので、少し焦りを感じていた。

離れで五逸が筆を走らせていると、カツがよく顔を出した。不思議そうな顔をして、立ったままじっと五逸の手元を見ている。

「上がれ、カツ」

カツは机上の書かれた文字に興味を持ったのだろうか、眼をそらそうとしない。

「書いてみるか？」

カツは首を縦に振った。

「ほら、こう持って墨をいっぱい筆に含ませて」

カツという文字を書いてみせた。筆を渡すと、カツは用紙からはみ出すくらいに使って太い字で、躊躇することなく書いた。

「カツ、それがお前の名だ。母上に見せてこい」

カツはその紙をひらひらさせて、母屋へ走っていった。

しばらくすると、茶道具を持ったサキがカツを伴ってやって来た。

「先生、カツがお邪魔して申し訳ありません」

頭を下げた。

「なあに、それよりカツは筆のスジがいい、すこし習ってみるか？」

「ありがとうございます」

茶を淹れたサキは机上の文字に目をやると、

「先生、これは？」

「句集に載せる挨拶文みたいなものだ。どうにか句の順序もまとまった」

五逸は数枚の紙をサキに見せた。

むさし上毛下毛の
行脚とし既に暮烈は
渋川の假庵に節をととむ
友なきを我行くとしの心哉
節季候の明麗く急く野つら哉
巳のとし　五逸

五逸が渋川の地に流れてからのいつわらざる心境であろう。

そして翌春になる。

此春は
門松の枝作らぬそ誠なる
年禮の互に畔を譲りけり

白魚に泥鰌のいのちあらまほし
同じく（五逸）

午のとし

この後段に弟子と各庵主たちの句を配した。

松かせの落て蝶舞日影かな
シブ川桜川

飛び石乾く軒乃暖か
〃

地車をきしらす声の霞みきて
〃

陽炎や土橋過れは跡に立
同五玉

行く人の衣掛て置柳かな　春花

快よやとちら向ても花の春　女若葉

野の末や霞かくれの鳥の声　泉風

それ〳〵の匂持たる木芽哉　夕雨

立そふて見上見おろす柳かな　雨明

春風や化粧坂ゆく女つれ　雨竹

吹おくる風にもちらす落椿　白水

青柳や何を思ひに夜の笛　有マ尚老

花の山屢ふみ切ておもはゆき　半タ竹和

十分に伸びて柳のみとり哉　山コタ一鳥

傾城の身しまい遅し松の内　ナカ丘富峯

桜さくや旧苔洗う水の音　北下一鷹

青柳も影もつ程に成てけり　小イツミ五禮

はつかせや梅の花いまたまはら成　泉石

麦畑は黒いもの哉春の雨　桂我

啼や蛙足駄をぬけし土の形　ウエクリ琴和

野の限引や小松に風かこつ　北雄

浦風の砂ふき立る汐干哉　大戸一葉

梅一重いつこに篭て香に匂ふ　花陵

梅か香や暗の小窓に人の声　一雀

野社や光静けき春の月　一点

行さきの出来て歩行や春の月　花月

あらたまる心や春は石までも　扇哥

夜の梅に二十歳のむかし心哉　露友

蛍や竹には春を含さる　アッタ香兮

山ふきやいはぬ色みる筧口　沙鷗

さく花に常盤の助か跡訪む　星仙

誰か川こせと櫻の山めく里　木仙

影法の水田に疎し春の月　川戸芦帆

鶏かねの早きに春をしられけり　芦船

春かせやかう行みちも久しふり　里風

鶯に子の習はしをおもふ哉　芦風

棧や人声ひそむ雪解時　中ノ条和秀

雀のこゑ霞て流す浅黄也　五明

乳はなれの犬撫て日は長閑なる　一虎

一つ立は亦一つ立胡蝶哉　星河

留守の戸のさそおしからめ梅の主　言輸

■に八月霜の別れ哉　イセ田丁琴露

山さくら散りもはじめぬ雨二日　五反タ素毛

馬込の空のつまりや畑の桃　ヨコヲ楚堂

若葉より人踏初し野面かな　タノリ麦雨

赤馬は赤く濡けり春の雨　青山右（左）蘭

愛せらるゝ人に背きて猫の戀　ムラ上雨林

雨の足みする柳と成りにけり　沼田ヤカタ野翠

山口に梅の匂ひのしきり也　女錦糸

春風や野さゝかくれの根なし水　山鳥

行鴈におこさるゝ迄寝にけり　上白井芦静

雲雀啼野に昼の乾き哉　鳥槎

鶯に鳴出されたる胡蝶哉　暁雨

春の夜や野山に残る夢心　山奴

折こほす桃や二日の月明り　隣司

鶯にきなれ衣の重さ哉　胎亀

芦の角長きは風に届きけり　澄水

七種や朝寝に隣恥かしき　仙賀

日の届て壽ふく色や福壽草　北モク活四

雨ならぬ弥生の空の曇哉　牧河

やゝ春の誠なる哉朧月　山薪

童の竹馬そたつ草若し　南、五風

足跡の雪間につゝく若菜哉　兎伯

旧としの暖氣まきらす福壽草　川ウラ一笑

雨の日を櫻にむさし鎧かな　岩氷斗笠

芹摘みやくるりと廻る水車　水沼旭石

旭石の句を前半のしんがりに配し、釋浩然の漢詩は中央に据えた。

春日効行

適荷詩嚢渡水涯吟節到處
入黄霞四囲山色随心好狐弄
春光見柳花

釋浩然

春の田舎道を散策すると霞がかかり、若葉は黄色に色づき水の音が聞こえる。狐も遊び、
春の光の中で柳の花も見事に咲いている。
釋自身も今の時期を喜んでいるかに見える漢詩だ。

山影の櫻もさすかさくら哉　岩氷素興

朧月親しく[redacted]に音もなし　柳催

啼や蛙鳥見か宿の夕まくれ　宇鼎

門柳家鴨の声の聞えけり　中ムラ依松

陽炎や遊に蠢く裸虫　逸鳥

猿[redacted]の灸すへてゐる野末哉　風来

乙鳥や茄子苗ふせる雨の中　白仙

折取し椿もけたる念佛哉　五丁田二笑

藁垣のもと近はきぬ梅の花　沼田三子ス川万戸

磯の柳鶴の羽風に動く哉　三枝

廻りけり若葉摘野の石祠　雪香

嶋ふねの潜りてはいる柳哉　亭雨

笹の葉のぬれ色のみそ春の雪　文呂

朝戸出に梅みる木履重き哉　渡江

何となく櫻散日は寝きたなし　同入ス川翠如

客送る門や柳の薄月夜　水光

吹■て柳つかるゝ風情也　イカホ雪鳥

陽炎の畠うつ鍬になぐれけり　木蘭

年々詠尽さぬ櫻哉　下毛オソ子一志

出替りやうら屋せと家の姦しき　梅隣

との君か志るよしすらん山櫻　武向イノ東鳥

七尺の屏風は高し猫の戀　下毛アラハキト鳥

垣こしに見てもミゆるや春の水　足利まさき

春降りし雪は消しそ残雪　沼田東入雪沙

遅桜おもへは春は永けれと　雪蹄

花咲て世にあく事も無りけり　同高平是牛

永き日を何もせぬ也草の庵　ソウ社士虬

松明に雨の夜桜こと〱し　イシ原芙翠

雪とけの松より行か寺の道　ユノ上玉蕗

鶯に窓にほつ〱竹細工　金井槿口

夜深きに妻恋猫の思かな　色水

夕影や笠に花散一雨晴　ウルシ原草之

吹こしや若菜か上の岑の雪　石梁

はつ夢の不二は三日も遅からす　旭園

俤の替らて母の雛かな　ミノワ梅月

雛立て琴の稽古を休みけり　万好

春雨や子にせかまれてうたかるた　女せつ

花見ともなくて一日桜哉　長和

雪ちら〳〵人去て摘若菜哉　アラナミ此教

雪とけや谷に麦つく水車　下毛アラハキ吐涼

永き日や牧牛に眠り行　田龍

月の夜や泊さためて山櫻　松原庵兀雨

起々の心動きぬ花盛　松露庵坐来

人群のよこれ戻るや朝の花　年々坊其堂

青柳やひたり短き船の棹　　雪中庵完来

きさらきの一日春めき過る哉　　一荒庵五逸

庚午のとし春

（■は判読不能）

五逸は小文の中に五つと最終行に一つの合計六つ自分の句を入れた。

「サキさん、これで大筋は完成した。高崎に製本の手配をお願いできるかな」

「わかりました。早速明日にでも使いを手配しましょう」

サキは句の表題がないのには気がついていたが、五逸に考えがあるのかもしれないと黙っていた。

五逸はまだそのことに結論が下せずにいた。もう少し考えてみようと思っていながら、表題のない原稿をそのまま託してしまった。

「先生、机に向かってばかりではお体に障ります。どうですか、伊香保の湯にでも出かけませんか」

主人が離れに顔を出して声をかけてくれた。

「これはご主人、ありがとうございます」

「カツもその気になって、せがんでいるところです」

既に原稿は版元に送ってもらった。誘いにのって湯治も悪くない。

「明日にでもいかがですか」

五逸は断る理由もない。

「辰の刻（午前八時頃）には発ちましょう」

（五）

翌朝は爽やかに晴れて、周りの木々も芽吹いたばかりの黄緑の、やわらかそうな彩に覆われていた。

サキによれば義母は所用があって留守番するとのこと、四人は辰の刻よりも早くに出発した。

なだらかな坂が続く。湯治客なのだろう、道行く人も多い。端には若草の間でたんぽぽの黄色が鮮やかに揺れている。その風はやさしい。

カツは子犬のように走っては止まり、また走り出す。それを微笑んで見守るサキと主人。五逸は少し遅れて歩きながら、その三人を後ろから見る。

（幸せな心地になったのは久しぶりだ。でも、この家族にも不幸がつい最近続いて起きた。栄枯盛衰が世の常とはいえ、短い人生、悲しみは少ない方がよいに決まっている）

「坊さん、あそこに白い煙が見えるよ」

カツが山の斜面を指さして大きな声を上げた。

「おお、どれどれ」

「先生、あの辺りが伊香保の湯です」

サキも指さす。

「あと半時もすれば着きます。そこの店で早めの昼にしましょう」

主人は先に立って街道の左にある、そば屋の暖簾をくぐった。

店には客も少ない。

店主とは知り合いなのだろう、主人と話がはずんでいる。

「今日の湯宿は雪鳥さんのところです」

サキが言ったが、五逸は心当たりもなかった。

「雪鳥さんですよ、ほら、句会にもよく顔を出してくださる」

「おお、思い出した。何度か湯へも誘ってくださったな」

伊香保温泉は世の中が安定していた、元禄から文化・文政のいわゆる化政期に、黄金時代をむかえていて、各藩の武士、町人、農民など、あらゆる階層の人々が訪れていた。今日も、陽気のせいもあって、道の往来はにぎやかだ。

そば屋の店主も勘定を支払うサキに、

「お蔭様で繁昌しています」

とにこにこ愛想よく笑った。

「伊香保には名物である三百六十五段もある石段があり、上りきると神社があります。なんでも、温泉、医療、そして縁結びの神だそうです。また湯治客はさらに足を延ばして、大きな沼から南に下り、由緒ある榛名神社まで詣でる人も多いらしいですよ」

榛名神社には五逸も一度参拝しているが、黙ってサキの話を聞いていた。

榛名神社は伊香保からは二里近くあり、嶮しい山道を行かねばならない。上野寛永寺の直轄であったから、徳川幕府とつながりもあった。同じ敷地内に神仏の社があったため、当時は榛名山巌殿寺と呼ばれていた。

文化五年（一八〇八年）五月というから、五逸たちが伊香保に来る二年前に、一茶は榛名神社を訪れている。

「行くこと五十町にして、八本松という茶店有。汗をさまして、ハルナ町に入。坊々雲霧かゝりて、安居一夏の鐘声渓々にひゞきて、胸の雲忽ちはるゝ心ちして、川音松風もおのづから御法を修する様に覚えて、さながら仙窟のおもぶき也。……誦教に逢はんと思へど無縁の者は坊に一夜を許さず、ちからなくもやみぬ……」（『草津道の記』）

一茶は宿坊に泊まろうとしたが、身分のわからぬ者は、と断られた。やむなく知人宅に泊まり、翌日、再び参拝をして榛名湖まで上り、西に下りて、草津の宿を経営する親交の深い俳人鷺白のもとへと向かった。

五逸は、三百六十五段も上れそうもない。榛名の沼に立ち寄って、もう一度榛名神社へも参拝したいが無理だ、と齢を重ねた身を自覚するのであった。

（今宵はゆっくりと湯につかるとしよう）


翌朝、主人は朝食をとりながら、「先生、ここまで来たのですから、せめて伊香保神社くらいは参拝しませんか」と誘う。

五逸が返事をためらっていると、

「実は駕籠を頼んであります」

昨夜にでも雪鳥に依頼しておいたのだろう。

「しかし、あの長い石段を籠で上れるのですか」

「先生、実は回り込んで神社へ続く道が左にありまして、ご老体や体の不自由な方などは少し遠回りになりますが、利用されています」

仕度を整えて、宿の玄関を出ると、二つの駕籠が待機していた。

「サキさんたちは」

「若いから石段も苦にはならないのでしょう」

雪鳥が「お気をつけて先生」と見送ってくれた。

サキとカツは玄関先に立っていたが、

「坊さん、競走だ」

カツは叫ぶなり、サキを引っ張って石段に向かった。

鳥居の前で駕籠を降りた。駕籠かきに主人は待機するよう指示している。

カツの声が聞こえた。

「勝ったぞ、坊さん」

二人は社殿の前に並んでこちらを見て手を振っていた。

境内は森閑として、眩い朝の光に古杉の枝が光っていた。人影も少ない。参拝して石段から西遠方をのぞくと、半分は雪が残る上越の山々がくっきりとたたずんでいた。

すると、どこからか鶯の鳴き声が聞こえてきた。カツはキョロキョロと声の主を探している。

「うぐいすの　なくや小さき　くちあけて」（蕪村）

「うぐいすや　茶ノ木畑の　朝月夜」（丈草）

「うぐいすの　身をさかさまに　初音かな」（其角）

突然、五逸が立て続けに声を上げて三句詠んだので三人は驚いて五逸を見た。

「儂の句ではない。偉い人たちのだ。久しぶりに聞く鶯の音に思わず口が滑ってしまった。

驚かせてすまない。カツには戻ったら書いてあげよう」

（六）

四月下旬に仮刷りが五逸のもとに届いた。見ると、本文とは別に版元から一言文が添えられているのに気がついた。それには、表題がなかったので至急送られたし、と短くあった。

（そうか、うっかりしていた。さて、どうしたらよいやら……）

五逸はなかなか浮かんでこなかった。

二、三日後に旭石と龍秀が酒瓶を持って訪れた。句会の日に合わせたらしい。

「先生、今日は天気もよいことだし、屋外で花見をしながら、作句としゃれませんか」

旭石はそう言うと、酒瓶を持ち上げた。桜は既に多くは散ってしまったが、薬師堂にある遅咲きの八重桜が見頃だと、サキから今朝聞いていた。

（久しぶりに皆で楽しむのもいいだろう。それに句集も届いたことだし、皆に早く見せて

やりたい）

五逸はサキに上越屋へ、外で句会を開く旨の連絡を頼んだ。

句会は午後、少し時間があるので、表題について二人と離れで相談してみることにした。

「実は先日、句集の仮刷りが届いたが、二人の句が載っていないのに気がついた。つい忙しさにかまけて、うっかりしてしまった。少し後悔している。もしよかったら、寄せてくれるか、まだ間に合う」

「何を先生、われわれは外者、渋川俳壇の門出にふさわしいのは、ここの弟子たちの作品だから価値があると思います」

二人はそろって即座に言ってくれた。

それを聞き少しは安堵したものの、今まで関わってきた当人たちの句を抜いてしまった浅はかな自分を、五逸は自分の修行の未熟さだ、と実感するのであった。

後のことだが、旭石と龍秀は二人で相談したのだろう。句集には旭石だけが句を寄せてくれた。

「もう一つ、句集の表題が決まっていない。二人に何か考えはないか？」

「先生のこと、既に腹案をお持ちではありませんか」

二人に言われてみると、確かに悩んで、模索してきたのは事実だった。

表題はたった二文字くらいかもしれないが大事な意味を表すものだ。いい加減なことであってはならない。俳句も十七文字と短文だが、含まれている意味は無限にあるし、それを詠む相手にも様々な感慨をもたらすことができなければならない。

「いくつか拾ってみた。これだ」

五逸は二人に筆で書かれた案を見せた。

「先生、ひと際目立つのはこれですね」

旭石は用紙の中の一つを指さした。

「花の春か」

五逸は自分の気持ちを二人に見透かされたようで、一瞬心臓が速まった。

「この季節にふさわしいですね」

龍秀も同意する。

「わかった、少し考えさせてくれ」

五逸の腹は決まったが、結論は延ばした。

「それよりも先生、一茶翁が松井田宿に泊まられると、山仁やから昨日連絡が入りました。

来月の十二日だそうです」

「そうか、ちょうどよかった、相談してみたいこともある」

五逸は久しぶりに一茶と会えることが嬉しかった。それに句集も見てもらいたい。一茶は既にこれらの編集にも多く関わっているにちがいない。


その晩、五逸は表題について、もう一度考えてみた。サキの「……花の春」の句と表題が重なってしまう。これは避けたい。

一時ほど頭をめぐらせたが、ひとつ浮かんだものがあった。もう一つの「はな」、つまり「華」だ。華は花とも使う。しかしもっと深みがある。華やかさ、栄える、名声を得る、などにも使われる。サキは単なる飾り花ではない。自らが輝きを放つ女、「華の女」だ。

新しい紙に「華の春」としたためて、五逸は苦笑する。煩悩に明け暮れた、若き日を思い出す。

その夜はなかなか眠れなかった。

（七）

五月十二日、一茶は高崎から板鼻まで船に乗り、安中に入った。だが、町の様子がおかしい。正月でもないのに家々の玄関には松飾があり、なにやら玄関先が騒がしい。それも浮かれた顔でなく、必死の形相をして、念仏でも唱えているようだ。

宿場の中心辺りに茶店があったので立ち寄った。喉も渇き、小腹もすいた。暗い顔をしたばばがあいそもなく注文を聞いた。

「ばば殿、いつもと様子がおかしい、何かありましたかな」

「流行病で、もう子供たちを何人も失いました」

ため息をつきながら、ばばは力なく答えた。

「それはお気の毒に」

「坊さん拝んでやってください」

一茶は僧侶ではないと言い訳はしないで、線香とろうそくをばばに頼んだ。

松飾の下に線香を立てて小声で「南無妙法蓮華経」と何度か唱えた。

（このばばは身内でも亡くしたのであろうか）

渋川のサキの家で五逸が故人を弔ったのと同様に、法衣姿の修行者は回向を頼まれるのはそう珍しくはなかった。俳諧の道を究める修行は仏道と変わらない厳しさを持っている。人々との接触は大切な修行の一環だ。

『一茶七番日記』（一八一〇～一八一八年）によれば、安中の事象は次のように記している。

「上野国安中の門々、時ならぬ松かざり、注連引きはへて騒ぐ。人に問えば（是より信濃かけ皆々疫になやみて、麻を倒すやうに伏し、霜の消ゆるごとく失ぬる物から、かく祭りして、今より後あらぶる心ましますなと、神をなだめ奉る）という」

悪疫の流行が甚だしい際には不時に正月祝をすれば火災を免れ得しと信じて、餅をつき、門松を立て、注連縄張り、屠蘇酒酌むことが、中古以来、間歇《かんけつ》的に各地で行われた。

松井田まではおよそ二里少し歩いた。着いた時は夕日が西に傾き、明日越える碓氷の峠の後ろに見える浅間山に沈むところであった。山仁やの玄関に入り宿帳にはいつもの通り、「信濃国水内郡柏原の百姓弥太郎行年四十八歳」と記した。

「先生、お待ちしている方がおりますよ」

番頭が奥から顔を出して言った。

「はて、どなたかな」

一茶に心当たりはなかった。


五月十一日、五逸は倉渕に泊まった。旭石と龍秀も松井田へ同行してくれることになっていたからだ。

翌日、五逸は一茶よりだいぶ早くに二人を伴って山仁やに入っていた。二階の部屋から通りを何度ものぞき込んで、一茶の来るのを待っていた。往還には多数の旅人が行き交っている。前の本陣にはお偉方でも泊まるのか出入りが慌ただしい。陽気も人の動きを活発にさせているのであろう。

五逸はいたたまれないように階段を下りた。

「先生、まだ翁は着きませんよ」

旭石が声をかけたが、「うん、ちょっと見てくる」と表に出て行ってしまった。

松井田宿は中山道の要衝である碓氷（臼井）の関所から二里ほど江戸寄りにある。本陣と脇本陣がそれぞれ二軒。宿は二十数軒連ねている。

五逸は宿から左に曲がって、江戸木口に向かった。

雲ひとつない青空には燕が飛び交っている。陽も大分西に傾いた。妙義の峰々もくっきり見えている。

客引きの喧噪も気にせずに、木口に来て目を凝らしたがそれらしい人影は見えなかった。

山仁やの主人は母屋の一間を一茶と五逸のために用意しておいてくれた。酒席も準備されていて、互いに湯につかってから席に着いた。旭石も龍秀も自己紹介が終わっても背を伸ばしたまま座を崩さない。五逸も二人を見ながらもいささか緊張気味だ。そんな場を感じたのか、一茶は、

「まあ、膝を崩してください。通夜の席ではありません」

と言って自ら胡坐をかいた。

五逸に徳利から酒を注ぎ、二人にも盃を持つように促した。

「この句集は素晴らしいではありませんか。五逸様もご苦労なさったことでしょう」

一茶は五逸から渡された仮刷りの句集をめくりながらにこやかに言った。

一茶はこの二年後、故郷柏原にようやく定住することになる。既に江戸以外でも夏目成

美（一七四九〜一八一七年）の後ろ盾を得て名声が広がっていた時期でもあった。成美は浅草蔵前の札差で、江戸の三大家に数えられた著名な俳人である。

「いや、私も初めてのこと、この二人や弟子など、周りの皆に支えられたからです」

「僅か半年の滞在で驚きですよ」

一茶はさらに持ち上げた。五逸はそれがわかりながらも悪い気がしなかった。

「それに松露庵系の庵主さんや高名な釋和尚まで名をつらねているではありませんか」

「いや、儂も釋様が寄稿してくださるとは思ってもいませんでした」

「釋和尚は空海先師を崇拝して、三界に家無し、留宿せずに、寺にも長く入住せずに修道に徹していて、書画に筆をとることを唯一の楽しみにしていたと聞きました。しかも金銭には全く興味を示さない偉いお方と聞きます」

さらに、

「そんなお方と五逸様がお知り合いとはすごいですね」

一茶は釋浩然をたたえると、満足するように頷いた。

酒が進むと、旭石は酔った勢いで、一茶に「句の神髄は何か」と問うたところ、一茶は即座に「率意ではありませんか」と答えた。

五逸はこの言葉を知っていたので驚かなかったが、一茶の根底を流れているのは、やはりこれか、と改めて納得した。

「先ほど申したように釋和尚は空海先師に多くを学んでおられるようで、私はとても及びませんが、せめて句くらいはと思っています。私は百姓、身分相応な句を作りたいですね」

一茶の言葉に、生活に不自由のない旭石と龍秀は少し戸惑っているようだ。

二時半ほどは瞬く間に過ぎた。

一茶は明日早朝に宿を出るという。当時の旅人が明け六つに出立するのは珍しくはなかった。

五逸たちは一茶に聞きたいことはいろいろあったが、一茶は旅先で見聞きしたことなどを面白おかしく語るので、すっかり一茶の話に引き込まれてしまった。

（七）

釋浩然は文化九年（一八一二年）に下野栃木の出流山満願寺の住職を辞して上野方面に

向かった。春とはいえ山からの風は冷たく、咲き始めた梅花も寒さに耐えているようであった。

（儂は一カ所に留まっていることはできない。永代死ぬまでは人間修行だ。しかし、もう俗世には未練はない。この旅は最後になるかもしれない）

弟子たちが止めるのを振り切るようにして浩然は寺を後にした。

浩然は思う。

（日本のはるか端、薩摩の川内に生まれて、十歳にもならないで出家した。泣いて止めた母の涙を背に受けて、地元の興全寺で修行に入った。その母も私が京都の智積院で修行中に五十歳で死んだことがわかった。この時、私が家を出た時の母の悲しみが理解できて涙が止まらなかった。西行物語の版本を読んで、西行を真似るようにして勢いで家を飛び出した己を悔いたことは何度かあったが、今は歩んだ〝道〟に誤りはなかったと確信をもって言える）

足利を経て上州路に入り桐生、そして赤城山のすそ野を進み利根川を渡れば、目指す渋川に着く。杖を片手に五日ほどかけた。

五逸が『華の春』を送ってくれてから、もう二年になる。添えてあった礼状の中に一句あった。

雨の日はあめにも馴染む柳かな　　五逸

柳は強風が吹けば軽く受け流し、雨には逆らわずにじっとあがるのを待つ。陽があたれば、輝いてさわやかに光る。

（儂ら修行者たちの心意気をよく表している）

浩然は五逸ともう一度話を交わしたかった。それが今回の旅の大きな目的であった。

五逸から聞いていたサキの家、上州屋の敷居をまたぐと主人が顔を出した。

「五逸先生は武蔵の妻沼にお帰りになったと聞いておりますが、少々お待ちください」

主人は浩然を客間に通し茶を出すと、外に出て行った。しばらくして女性を連れて戻った。女性は深々と頭を下げた。

「先生のことは五逸様からよくお話をお聞きしております。生憎、妻沼にお戻りなさってもう七日ほど経っております」

(この女子《おなご》がサキか)

五逸の添え文に書かれていた。

老夫婦と挨拶を交わし、茶を馳走になりながら世間話などをしていると、サキが五逸が滞在していた部屋へ案内するという。

「坊さん、五逸先生のお友達?」

いつの間にか男の子がサキの後ろに立って声をかけてきた。

「おお、坊や、うん、いい友達だよ」

浩然は微笑みながらゆっくりと答えた。

男の子はにこっと笑った。

(かしこそうな子だ)

浩然は自分が出家した時のことが一瞬よぎった。

五逸の部屋はきちんと整理されていた。清貧な生き方をしている。何年か前に満願寺を訪れた五逸と一度話を交わしただけだが納得した。

「浩然先生、今日はゆっくりとここでお休みください。遠くからお疲れ様でした」

サキのねぎらう言葉に疲れを体全体で感じた。

（久しぶりの遠出だし、齢のせいもあろう。体調も少しだるいようだ。今夜はゆっくり休ませてもらおう）

夕食ではすすめてくれた酒類は口にしないで、早めに済ませて離れに引き揚げた。

（みやげも持たずに邪魔してしまい、何かせねばならない）

見渡すと机の上に筆入れが置いてあった。五逸の筆であろう。

（これで一筆書くとしよう）

しばらく頭をめぐらせてからすらすらと五文字を紙に滑らせた。

薫若春日気（薫ること春の日の気の若《ごと》し）

新鮮な花々の香る春の気はすごくよい。

唐の白楽天（七七二〜八四六年）の詩の一文だ。

待っていた春がようやくやって来た。元気の出る言葉だ。

サキが翌日、朝食の用意ができた旨を伝えに行くと既に浩然は発った後であった。

机の上には筆で書かれたやや右肩上がりの漢詩が置かれていて、簡単な礼状も添えてあった。

サキはじっとそれらを見つめて動かなかった。

五逸も、浩然も、人間ではないか。食べて、飲んで、家庭を持ち、妻と子どもの笑顔に生きがいを見出す。それを否とするとは、サキには理解できない。でも人間としてもっと上を目指そうとしているのかもしれない。崇高な道を歩んでいる二人をうらやましいとも思った。

後にサキは浩然が書き残してくれた詩文を立派な掛け軸にして床の間に飾った。

釋浩然はその後渋川を訪れたが、五逸には再会を果たすことができなかった。そして満願寺に戻ったものの、まもなく病に伏し、三年後の文化十二年（一八一五年）、七十歳で没した。

浩然は弟子たちに一切の治療をしないように言いつけて、眠るように旅立ったと言う。

満願寺の大御堂の傍らに浩然は「如蠖《じょかつ》上人」の碑として遺されている。碑文は著名な儒学者佐藤一斎（一七七二〜一八五九年）による。佐藤の弟子には佐久間象山、渡辺崋山など幕末に活躍した英才がいた。

（八）

五逸が妻沼に帰ると言い残して出立してから渋川にも倉渕にも音信は届かなかった。サキは待つしかなかった。

三か月も経って、ようやく五逸から封書が届いた。

＊

体が少し不調である。齢のせいかもしれない。今は利根の川辺で飛ぶ鳥などを眺めてゆっくり静養をとっているので心配にはおよばない。回復次第、渋川には出向きたい。

気にしていたことが一つある。

「率意」については簡単に述べただけであった。心のまま、意図を持たずに作り上げることと申し上げた。これだけでは説明不足であった。

句に限ったことではなく、書画や茶の道にも「率意」は使われている。サキ殿も句については、より上達したいと思っていよう。他の人に感動を与えたいとは誰もが心に秘めているものだ。

だが、それだけで満足してはいけない。

その句が作意を意識しないで、自然な気持ちでつくられたものかどうかでまったく異なったものとなろう。句を深く読める人はたちまち見破ってしまう。句はだから自然体の中から生まれてくるもので、心を解き放った心身にこそ本当の句が詠めるのだろう。

儂もこの歳になってもいまだそれを追い求めている。

カツは元気かな、是非手習いは続けるようにお願いする。

家人、句を習う皆によろしく伝えてほしい。

*

この文が五逸からの最後の便りとなった。

故郷武蔵の妻沼には一つだけ五逸の痕跡が残されている。歓喜院という寺内に芭蕉の句碑がある。

古池や蛙跳込水廼音　　芭蕉

句の下には妻沼出身の著名な俳人十三名（五渡、五翁、五桜、五楼、五道などいずれも五がつく蕉風の俳号）の句が刻まれている。そのしんがりに次の句がある。

雨の日はあめにも馴染む柳かな　　故五逸

これは釋浩然が句集『華の春』に寄せてくれた漢詩への礼状の中に五逸が入れた作品だ。

サキはその後も句の普及に努めた。

五逸が妻沼に帰郷して数年後、薬師堂の近くに芭蕉碑が建立された。

八九間空で雨降る柳かな　　芭蕉

発起人には『華の春』に句を寄せた、五玉、春花、泉風、夕雨、雨竹、白水、若葉（＝サキ）などの名が刻まれている。

この句は芭蕉の『続猿蓑』（元禄七年）の巻頭にある。

石碑は太平洋戦争中に付近の寺で墓石として使われてしまった。これを聞いた荻原井泉水（一八八四〜一九七六年。日本の自由律俳句の俳人。季語無用、五七五という定型を必要としない自由律俳句をあわせた「無定型自由律俳句」を提唱。著書『芭蕉を尋ねて』では、芭蕉という先人の跡を徹底的に辿っている。弟子には尾崎方哉、種田山頭火など）は戦後、自費で碑の修復を行った。そして次の言葉を残している。

「其の石は存して其句亡ぶといふ理あらん、昔此の石を建てしより百三十年此の句成しより二百六十年にして今さら芭蕉翁をしのび古の影を復せんとする渋川町民に代わりて

井泉水記」

薬師堂は五逸が渋川に来て、サキやカツと初めて顔を合わせたところだ。

完

太平花は咲くのか

料金受取人払郵便

新宿局承認

7553

差出有効期間
2024年1月
31日まで
（切手不要）

郵便はがき

1 6 0-8 7 9 1

141

東京都新宿区新宿1－10－1

（株）文芸社

愛読者カード係 行

お名前《ふりがな》				明治 大正 昭和 平成	年生 歳
ご住所《ふりがな》	□□□-□□□□				性別 男・女
お電話番号	（書籍ご注文の際に必要です）	ご職業			
E-mail					
ご購読雑誌（複数可）			ご購読新聞 新聞		

最近読んでおもしろかった本や今後、とりあげてほしいテーマをお教えください。

ご自分の研究成果や経験、お考え等を出版してみたいというお気持ちはありますか。

ある　ない　内容・テーマ（　）

現在完成した作品をお持ちですか。

ある　ない　ジャンル・原稿量（　）

書　名			
お買上 書　店	都道　　　市区 府県　　　郡	書店名	書店
		ご購入日	年　　月　　日

本書をどこでお知りになりましたか?

1.書店店頭　2.知人にすすめられて　3.インターネット(サイト名　　　　　　)

4.DMハガキ　5.広告、記事を見て(新聞、雑誌名　　　　　　)

上の質問に関連して、ご購入の決め手となったのは?

1.タイトル　2.著者　3.内容　4.カバーデザイン　5.帯

その他ご自由にお書きください。

(　　　　　　　　　　　　　　　　　　　　)

本書についてのご意見、ご感想をお聞かせください。

①内容について

②カバー、タイトル、帯について

弊社Webサイトからもご意見、ご感想をお寄せいただけます。

ご協力ありがとうございました。

※お寄せいただいたご意見、ご感想は新聞広告等で匿名にて使わせていただくことがあります。

※お客様の個人情報は、小社からの連絡のみに使用します。社外に提供することは一切ありません。

■書籍のご注文は、お近くの書店または、ブックサービス(0120-29-9625)、セブンネットショッピング(http://7net.omni7.jp/)にお申し込み下さい。

（1）

朝食を終えて玄関の新聞受けから朝刊を抜き二階の自分の部屋へ戻った達郎は、一面左下の見出しに目が留まった。そこには「朱鎔基元中国首相久しぶりに吠える」とあった。朱鎔基は第五代国務院総理（首相）として一九九八年～二〇〇三年まで中国のトップに立った人物の一人である。母校である北京の清華大学で学生を前に講演し、現政府の批判的言辞に大喝采を浴びたとあった。記事の内容を読み進みながら、大国にまでたどり着いた中国であるが、今も多くの矛盾を抱えている証拠であろうと達郎は思った。

荻原達郎は今年六十七歳になった。ＪＲを退職して既に七年、子会社で少し働いた後、今は悠々自適の毎日である。

朱鎔基の新聞記事に関心を示したのには理由《わけ》があった。

二十年余り前の一九九一年、初めて中国を訪れた。訪れたといってもプライベートの旅行ではなく、複数の企業の代表が参加した団体の海外研修であった。

達郎はその時、ちょっとしたトラブルに遭遇した。今から思えば必然的なトラブルであったが、若さもあったのかもしれない。

朱鎔基はその二カ月前まで上海市長であった。その朱鎔基がこのトラブルに関与し、短時間で解決に導いてくれたと、ある男から聞かされていた。

その後、首相に就任し、日本も訪れているが、このトラブルから数年後に達郎は一線を退いている朱鎔基宛にお礼の手紙を送った。要人が暮らす北京の中南海周辺に朱鎔基が居住していることはわかったが、在日中国大使館広報担当に電話で住所を確かめたところ、大使館で取り次ぐとの回答があった。達郎はこれに従い、大使館に朱鎔基への手紙を郵送して託した。だから確かに届くのか、ましてや返書が来ることなど期待もしていなかった。

しかし予想に反してひと月もしないうちに直接、自宅に返書が来たのには驚いた。無論、朱鎔基にとって達郎のトラブルなど覚えていようがない、些末な出来事であったろうが、中国語と和訳が並行して記載されている一枚の書簡に、トラブルに至ってしまった未熟な政治体制をわびて、必ず本物の先進国の仲間入りを果たすとあった。そして結びの横には見事な筆致のサインがしたためてあった。

この一通の手紙から今も変わらぬ朱鎔基の立場を達郎は感じた。あのトラブルを経験してから社会主義中国に幻滅の気持ちを一層強めていただけに、達郎にとって朱鎔基の存在は一縷の望みだった。

また手紙には写真が一枚添えられていて、純白の清楚な薔薇に似た満開の花が写されていた。二メートルくらいの高さはあろうか。茶の木に似ていた。そして裏には「太平花《タイピンホア》」を両国にたくさん咲かせましょう」と日本語で書かれていた。

日本では「バイカウツギ」と呼ばれていることを後で知った。

(2)

一九九一年一月、ＪＲの末端管理者の助役になっていた達郎に、海外研修の打診が上司からあった。達郎は四十五歳であった。管理者になるまではほとんど労働組合の役員として活動していた。そのためか管理者になるのは遅かったかもしれない。

研修は中国三大都市への九泊十日の日程であると聞き、社会主義中国に興味があっただけに、是非行きたいと上司に答えた。

労働組合の活動は政治、経済の動向を十分に把握していなくてはできない。諸要求も経営者とのやりとりのテクニックだけではなく、政治や経済状況の背景などの分析と影響を抜きには組み立てられないからである。

当時、さらに進んで社会の変革が不可欠であるとの教育も受けていた。しかし、学生運動が党派間の対立で血を流すまでに至り、労働運動にまで影響されるようになった時、疑念が生じてきた。それが労働運動から手を引くきっかけとなったのは事実であった。

だが、労働者、農民が主人公であると言われているソ連や中国は、理想の社会に向かっているのでは、という漠然とではあるが、期待は捨てきれなかった。

正式に決まってから研修の概要が明らかになった。それによると、訪問するのは中国でも大都市の広州、上海、北京を中心としており、それぞれの都市に三泊の日程が組まれていた。また参加者は多数の企業からで、その数は三百名規模になるらしかった。

三月末日になって事前説明会が開催された。全国でブロックごとに行われ、達郎など関東周辺の参加者は東京に参集した。

説明会は、東京駅から十分も歩いたホテルに十時集合となっていたが、会場までは新幹線に乗り、徒歩分を入れても約一時間とみて達郎は少し早めに家を出て、久しぶりに皇居周辺を散策してみた。桜はまだ花を残しており、春の草花が足元を彩り、上着を脱いでも少し汗ばむほどであったが、快晴の爽やかな日であった。途中、喫茶店で一休みしたが、会場にはそれでも三十分も早く着いてしまった。

五階の会場に向かうエレベーターに乗ろうとすると、後ろから「荻原」と大きな声がして肩をたたかれた。振り向くと、満面の笑みを浮かべた高沢良治が立っていた。高沢とはこの会社へは同期入社であった。高沢は東京、達郎は北関東と、採用された地方は異なったが、新入社員研修で知り合いになり、共通の趣味であった将棋が親交をさらに深めて、今は親しい友人の一人であった。

この海外研修に高沢も参加するのを知ったのは一カ月前であった。見知らぬ参加者の中に彼がいてくれるだけで何となくほっとした気持ちになっていた。

「どうだい、腕は上がったか？」

エレベーターには二人しかいないので、いつも通り大きな声で高沢は話しかけてきた。

「地元の道場で二段の免状はもらったが、伸び悩んでいるよ」

共通の趣味である将棋の話にいきなり持ってゆくところが高沢らしいなあ、と達郎は思った。

高沢は営業関係に進み、今はある駅の助役になっている。達郎は運転関係を選び、電車の運転士になったが、すぐに組合の役員に担ぎ出されて、主に青年部の活動に忙殺される日々が多くなった。

　進む道は異なったが、将棋という共通の趣味だけでなく、お互いの悩みなども話し合う仲になっていった。知り合ってもう二十年にもなるだろうか。

「中国など行きたくなかったよ。どうせ行くならアメリカあたりの方がよかったな」

「まあ、せっかく機会をもらったのだから、贅沢は言うなよ」

　不満げな高沢であったが、会場前の受付に行くと明るい顔に戻っていた。

　達郎が気になったのは二年前に勃発した第二次天安門事件であった。治安は回復しているのだろうか、研修も制限を受けるのでは、ということであった。しかし説明会ではそのことには何も触れなかった。また参加者からの質問もなかった。達郎は自分だけの杞憂だろうと思った。

　百名くらいは集まったろうか、昼を挟んで説明会は四時間に及んだ。

　終了後会場を二人で出て、朝立ち寄った喫茶店に入った。

「高沢、お前、中国に行きたくない理由はなんだ」

「だって二年くらい前に北京を中心に大騒動があったばかりで、しかも死傷者も相当出たと聞いている。そんな国に行って何になる。研修とはその国で何かを学んでくるのではないのか」

高沢の答えが意外に核心をついていることに驚いた達郎は「実は俺も気になっていた」と同調すると、高沢はさらに「研修の行き先が中国とわかった時には断ろうと思ったくらいだ、だがお前が一緒なら安心だよ」と続けた。

高沢が政治に興味があったとは思わなかった。しかし二年前の中国の騒動はマスコミでも多く取り上げられていたし、無関心であっても、その話題に触れる機会はあったのだろう。

「お前は組合に首を突っ込んでいたのだから、中国行きはチャンスだと思っているのだろう」

「ないと言えば嘘になるが、だいぶ前に紅衛兵と言われた若者たちが文化大革命のもと無頼を働き、大混乱に陥ったあの時は俺もよくはわからなかった。しかしその後起きた二つの事件では今の中国、いや政治体制に疑問がはっきりとしてきた」

「社会主義こそ労働者が主人公になる道だとも言ってなかったか」

「まあ一時は本気で考えたこともあったけど、ベトナム反戦から始まった運動も下火になり、次第にセクト間の争いが激しくなり、組合運動まで巻き込まれるようになって心が冷めていったよ」

「それで運動から手を引き、管理者への道を辿るようになったのか」

達郎はそれにはすぐに答えず、窓に目をやった。いつの間にか雨に変わり、木々が艶やかに濡れていた。

「若い者から裏切り者の目で見られたこともあった。特に弁明もしなかった。二十年余りは自分なりに運動をやってきたつもりだ」

述懐するように達郎は静かに言うと「そろそろ帰るとしよう、次は成田で会おう」と自ら席を立った。

二人は静かな雨に打たれながら東京駅まで歩いて別れた。


達郎は、帰りの新幹線の車内で高沢の言葉を反芻してみた。

確信をもって人生を歩んでいるわけではないし、いやむしろ日々流されて生きているような気がする。労働運動を離れて、管理者への道へ転身したことも強い意志があったわけではない。国鉄からＪＲへ変わる過程で、労使の対立が少なくなり、むしろ協調姿勢に転じたことも一因としてあった。また異なった人生を経験するのもいいかな、という軽い気持ちも働いたのかもしれない。しかし世の中を見る眼は変わっていないつもりであった。こうやって中国研修を前にしても、単なる観光気分でなく、この国の実態を体験してきたい気持ちが大きいからだ。

(3)

既に木々は夏の様相に変わり、青空には積乱雲も時々発生するようになった。

出発前日に関東周辺からの参加者二百名は、成田空港周辺にあるホテルに集合した。夕方からは結団式が行われることになっていた。また関西方面からの参加者は大阪から出発して、広州で合流することになっている。

受付で初めてグループ分けが明らかになった。班はすべて別企業から一人ずつ入り、七、八名で構成されていた。そのため高沢は別の班であった。しかし会場でちょっと言葉を交わした程度であったが、親しい友人がいるだけでお互いに安心した。

結団式はバイキングスタイルで、班ごとにテーブルの配置がされており、班内で名刺交換や出身企業の紹介などが、飲み食いしながら一時間半ほど催行された。達郎の班には達郎を含めて公社関係から四名、他はある程度名の知れた企業から三名の七名で構成され、女性が一人含まれていた。同じ会社からは班に複数入らぬようにして見ず知らずのメンバーが十日間行動を共にすることも研修の一環としているのだろう。

研修中は二人一組の部屋を割り当てられた。達郎は、神奈川県の企業から参加した三十八歳になる松尾という男と組むことになった。

翌朝は成田から十時丁度のフライトで、このホテルの出発は七時半と告げられていた。部屋に入り二人だけになると、改めて自己紹介を行った。一通りそれが済むと、松尾は、

「私、中国は嫌いです。あまり行きたくなかったのです」

突然、高沢と同じようなことを言い出した。

「なぜです」

「共産党独裁政権がもたらしたものは計り知れないと言えませんか？」

「ないとは言えませんが、労働者、農民が主人公の、我々労働者にとっては思いの近い国ではありませんか。十三億人の人たちを束ねるのは大変でしょう。過渡期だとは言えませんか」

「荻原さんは労働運動の経験や政党などに所属でもしているのですか？」

なおも松尾は突っ込んできた。

「労働組合の役員は経験しています。先ほども言いましたが、中国には疑問もいっぱい持っています。研修はよい機会なので、じっくりと観察してきたいと思います」

松尾はここで話題を突然変えた。

「この研修の行程が少し変更になったのはご存じですか?」

達郎はそんなことは聞いていなかったので、松尾の次の言葉を待った。

「三大都市を巡ることは変わりないのですが、広州では半日程度フリー研修が入るらしいですよ。また市の幹部との懇談会がいずれかの市で計画されているとのことです」

松尾がなぜそのことを知っているのか疑問に思っていると、松尾から、

「この研修を主催する会社に知り合いがいて知ることができました。中国当局としては治安が安定していることを見せたいのではないかと思います。いろいろ荻原さんに言ってしまいました。こんなこと、行く前から言っても仕方ありません。私も十日間の研修で考えも変わるかもしれませんね。荻原さん、ごめんなさい。明日は早いので休みましょうか」

と言われ、それ以上の会話を打ち切ってしまった。そして松尾は「お先にシャワー使わせてもらいます」とバスルームへ向かった。

（４）

研修メンバーを乗せたジャンボ機は十時ジャストに成田を発った。

フライト後すぐに昨夜松尾が言ったとおり、広州市での日程が若干変更となった旨が書かれたＡ４用紙が配布された。機内で昼食をとり、およそ四時間で広州白雲空港に到着した。関西方面からの参加者は一時間後に到着するが、市内の歓迎セミナー会場で合流することになっていた。

空港からはバス五台に分乗して一時間足らずの市内中心地へ向かった。合流するまでの調整は、広州で三日間宿泊するホワイトスワンホテルでバスを降車し、近辺の散策を行うことになっていた。

市内中心に入ると、自転車や車の往来が激しくなり、所々で渋滞が見られた。また、いたるところに人が繰り出していた。特に広州駅周辺では明らかに貧しい服装の人たちが目的もなく佇んでいるように見えた。

（いったいこの人たちは働いていているのだろうか）

達郎に疑問が湧いてきた。

バスは渋滞している割にスムーズに運行されているのに気がついた。空港から中国人ガイドがそれぞれのバスに乗り込み、流暢な日本語で説明を行っていた。日本の添乗員は控えに回り、客席に座ったまま動きも少なかった。国内はその国のガイドに任せるしきたりになっているのだろう。

四十分程度でその名のとおり建物全体が白亜の高層ホテルに到着した。ホテルのロビーに荷物を預けて、バスごとに徒歩で沙面島の散策に出かけた。

この島は珠江河畔の一部を運河で切り離して人工の島にしており、アヘン戦争時はイギリス、フランスの租界地であったとのこと。洋風の古い建物が多く、市内とは別天地のように静かでもあった。

(三日間も滞在するのだからまた足を延ばそう)

一時間の散策は瞬く間であった。急いでホテルのバスまで戻らなければならなかった。その時後ろから近づいた松尾が声をかけてきた。

「荻原さん、ここへまた来ませんか？」

松尾もこの島をじっくりと見たいに相違ない。「班の仲間と来ましょう」と達郎は軽く応じた。

歓迎セミナーはこのホテルから二十分くらいのガーデンホテルで行われることになっている。ホテルに着くと関西方面の参加者は既に到着していて、四百人は軽く収容できる会議室で待機していた。しかし廊下から覗いた隣の会議室はここの三倍以上の広さはあった。ガーデンホテルも国際ホテルに名を連ねているというだけあって素晴らしい設備が施されていた。

班ごとに円卓のテーブルに座ると、コーヒーが運ばれ、主催会社スタッフが二十分後にセミナーが始まることと内容についての説明があり、広州市の幹部からの講演は約四十分、その後、研修生二、三名から質問を受けるが、質問は簡略に一人一点とするなどで、一時間半ですべてを終了したいとの説明がテキパキとされた。

中国企業管理協会理事で、広州市の同協会秘書長という肩書である五十代の男性からの話は、改革開放政策後の十年余りで政治、経済改革も進み大きく発展した。これからも継続してさらに発展を期するとしたが、通訳を介したとしても、達郎は内容に抽象的な言葉が少し多いような気がした。そして熱い口調だけが印象に残った。

達郎は講演が始まった時から、広州一日目であるが、印象に残った疑問をぶつけようとメモをまとめていた。もちろん表現は和らげて、あまり熱くならないように配慮はしようとは思っていた。日本で感じていた中国に対する疑問が達郎にこのような行動をとらせたのかもしれない。

講演が終了し、拍手を送った後、先ほどの主催会社の担当者が「質問がある人はいますか」と会場を見渡した。達郎は少し迷ったが、それを吹っ切るように右手を高く上げた。「他にはいませんか」と念を押してから、達郎を指名した。会場の皆の眼が達郎に集中するのがはっきりわかった。心臓が高まってきたが思い切って起立した。

達郎は自分の会社名と名前を述べてから、「私たちに丁寧に詳しく現在の中国の状況をお話ししていただき、ありがとうございました」と軽く枕言葉で持ち上げた。

すると達郎が予測したとおり、演壇の通訳が達郎を制して講演者にこの旨を伝えた。講演者はニコニコ顔で大きく頭を縦に振った。

達郎はここで机の上のメモを見ながら、

「一、二、質問させていただきます。私は初めて中国を訪問しました。予想はしていましたが、それ以上に中国が大きいのにびっくりしました」

通訳はここで二回目の区切りをつけた。幹部はさらに頷いた。達郎は次に本題に入った。

「先ほど空港から市内をバスで移動する時にちょっと感じたのですが、ウィークデイにも拘らず、たくさんの方が街に繰り出していました。この人たちはいつ働いているのでしょうか？」

通訳が伝えると、幹部の顔から一瞬笑顔が止まったのが見えた。しかし、すぐに元の顔に戻って、

「たぶん夜間に働いている人でしょう。生産はフル活動していますし、シフト制も取られていますから」

ここで質問を打ち切るか迷った達郎だが、思い切ってさらに突っ込んでいった。

「広州駅前も通りましたが、ここにも多くの人たちがいました。失礼ですが、身なりもあまりよくなく、目的もなく佇んでいるように見えました、中国の政治体制からすれば、このような人たちは存在していないと思っていました。どうでしょうか？」

達郎はここまで言って初めて、手に汗が出て体全体が緊張感に包まれているのがわかった。

相手に気に障ることは承知の上での発言であったが、通訳がどこまで伝えたのかは達郎にはわからなかった。通訳が講演者に達郎の発言を伝えている時に、主催会社の別のスタッ

フが達郎に音もなく近づき、「これで質問は打ち切ってください。時間がありません」と小声で言って素早く離れていった。

彼らも達郎の質問に慌てたのだろう。

それでも幹部は何事もなかったように答えた。

「先生方のお国でも裕福な人とそうでない人たちが存在していると思います。中国でもこれからその格差を埋めるように努力してゆくつもりです」

達郎には、お前の国だってそうだろうと、開き直ったかに見えた。さらに、

「先生方、短い中国滞在ですが、研修の合間に歴史の長い中国は遺跡もたくさんありますし、美味しい料理もお楽しみください」

と自ら締めの拍手を先導した。

少し離れたテーブルに座っていた高沢が「ヤッタナ」という笑顔を送ってきた。

(5)

ホワイトスワンホテルに戻るバスの車列は八台となったが、夕方にも拘らず、空港、セ

ミナー会場への車中で感じたとおりスムーズに走った。

ホテルでは一時間後に会食があると知らされ、部屋に入り、松尾と交代でシャワーを使い、軽装に着替えた。会食は円卓テーブルに中国料理が豪華に盛られ、物珍しさで皆箸が進んでいるようであった。

食後には明日のスケジュールの確認でも行うのであろう、班長会議が招集されていた。達郎の班から班長として選ばれている年長の吉本が出掛けていった。

小一時間もすると吉本が戻り、吉本の部屋に七人が集まった。吉本はまず注意点を四点述べた。
一、研修を通して、夜間の単独での外出は禁止する。また外出する時には必ず主催事務局の許可を得ること。
二、明日午前はグループ行動学習を行う。その中身は、市内六カ所のポイントを探し当てて課題を解決し、達成時間を競うゲーム性を持った「考動」をとり、観光にない自主性を養う。
三、午後は市内の日系企業十カ所を分かれて訪問する。
四、企業訪問後は各市内散策を行う。

以上を伝えた吉本が質問を求めたが、疲れているためか誰もが黙っていた。吉本は「それでは解散しましょう」と早々と場を締めた。


達郎は部屋に戻り、テレビをつけて、ベッドに横になった。

間もなく部屋がノックされた。鍵はかかっていなかったが、中から開ける前に高沢の人懐こい顔が現れた。「コーヒーでも飲みに行かないか」と誘ってきた。

同室の松尾は部屋に戻って直ぐちょっと出てくると言い残して出掛けていった。知り合いのところにでも顔を出すのだろうと、気にもしなかった。

二人は吹き抜けの一階のロビーに下りた。玄関からロビーに入った正面にも、三階辺りから人工の滝が落ちているのが見える。初めてホテルに到着した時にも驚いたが、改めて二人はスケールの大きさを感じてしばらく見入った。そして近くの喫茶コーナーに入り、コーヒーを注文した。

高沢は早速切り出した。

「お前、勇気があるな。俺にはできないよ」

「でもずいぶん遠慮したつもりだ。政権批判はさすがにできなかった。広州駅にたむろしていたのは、行き場がなく、目的もない貧しい人たちに見えた。街中にも大勢の人々が行き交っていたが、似たり寄ったりの身なりだった。夜働くなら、昼は休憩しているはずだ」

「達郎、お前は中国に幻想を持ちすぎているのでは？　批判は期待の裏返しとも言えるかもな」

「一九四九年に革命によって誕生した労働者、農民が中心の国だ。それから四十年余り経ってこの有様だ。何処かが間違っているとしか言いようがない。しかし俺はすべてを否定はできない」

「十億人以上もいる人たちすべてを幸せにすることなど至難の業だよな、うまくいかないのが現実ってものだろう」

高沢の言うことも一理あるかもしれない。

「俺たちが熱くなっても仕方がないな、中国の問題だ」と達郎は区切りをつけた。

「お前、俺たちのバスがパトカーに先導されていることを知っていたか」

高沢は話題を変えて言った。

「いや、最後部のバスだから気がつかなかった」

コーヒーを啜りながら達郎が答えると、高沢は、

「中国のガイドが自慢げに、皆さんは特別待遇だと、くすぐる言い方をしたが、悪い気もしなかった」

さらに、

「だが気にかかったこともあった。道路には私服などの警察官が一〇〇メートルおきに立っているとも言っていた。ある意味で治安が落ち着いていないってことだな」

二二時は既に回っているが喫茶コーナーの席はほとんど埋まっていた。研修のメンバーらしい姿も見えるが、外国人も多数談笑していた。

二人の話題も途切れた時、突然、横合いから声がした。

「まだお休みにならないのですか。私はあなた方をガイドしている林と言います。憶えておいてくださいましたか」

達郎はすぐに気がついた。到着して空港からバスに乗り込んできたガイドだ。三十代そこそこだろうか、好感が持てる爽やかな感じが印象に残っている。

「少しご一緒させていただいてよろしいですか?」

林は座るとウェイターにコーヒーを注文した。

「三日間の短い時間ですがよろしくお願いいたします。ところで、どうですか、中国の印象は」

それには直接答えず達郎は「林さん、私たちの顔がよくわかりましたね」と逆に聞いた。

「プロですからね。いやそれよりもガーデンホテルでの荻原さんの質問は皆の注目を引いたものでしたよ」

林は周りに素早く目をやってから声のトーンを少し落として、

「あなたの発言は今の中国の矛盾を突くものでした。あなたの意見に共感する人たちは中国にたくさんいます。私もその一人です」

「いや、感じたままを言っただけで、相手を困らせようなどとは考えていませんでした」

「講演者は少し慌てていましたよ」

林はさらに声を落とし、顔を近づけて、

「特に夜間の行動は気を付けてください。荻原さん、あなたは中国公安にマークされたかもしれませんよ。いや、冗談です。けれど何かあったら私に連絡してください」

林は机に小さな名刺を置いた。

名刺は「林祥念」と横文字の名前とその下に小さく携帯電話の番号が印刷された簡単なものであった。

林は「冗談だ」とは言ったが、そのことがかえって、達郎は気にかかった。この程度の発言がこの国では自由にできないのか、許されないものなのか、厳しい現実を今、実感した。

「林さんは日本語が上手ですね」と高沢が横合いから声をかけた。

「日本の大学で学び、その後数年滞在したので自然に身についたのでしょう。ではまた明日お会いしましょう」

と半分も飲んでいないカップをそのままにして、請求書をつかもうとしたので、達郎は慌ててそれを制した。林は「ごちそうさまでした」と素早く立ち去った。

達郎と高沢はそれから間もなくして、それぞれの部屋に戻ったが、松尾はまだ部屋にいなかった。

風呂を使い、くつろいでいたが、零時近くであろうか、疲れたような表情で松尾が部屋に入ってきた。そしてそのままベッドに横たわったのが見えた。

「松尾さん、どちらへお出かけでした？」

「ちょっと外に出てきました。初日から約束を守らない悪い研修生ですね」

自嘲気味の松尾の言葉から単に物見遊山での外出ではないな、と漠然とではあったが感じた。しかし達郎はそれ以上の詮索は避けた。

二日目の研修は「考動」学習という、班ごとに分かれて市内の六カ所の指定されたポイントを探し出し、そこで問題を解いて、出発したホテルまで戻り、課題の正解率と所要時間を競うものであった。

見知らぬ街を歩き回るのは興味があったが、同室の松尾が昨夜から元気がなく気になっていた。午前の学習も後からついてくる感じであり、心ここに在らずに終始した。それだけでなく、午後は寒気がすると申告してホテルで休養をとることになった。

昼食後は日本から進出している複数の企業をそれぞれ分かれて訪問し、生産工場の見学、責任者の説明などを聞いた。見学後は免税店や自由市場である清平路市場を散策した。ホテルには十八時前に到着した。班長から夕食は一時間後との伝達がされた。

部屋に戻ると松尾はベランダの窓辺に座り外を見ていた。声をかけるのをためらったが、松尾から「どうでした、市内の様子は」と意外に明るい声をかけてきた。

「広さと、喧騒さは改めて感じました。松尾さんも午前は行動に参加したから市内の人たちが意外に親切なのには驚きましたよね」

「珠江、ここから見ても大河ですが近くによるとその水量に驚きますよ」と松尾はカーテンを大きく開いた。

「昨日もちょっと近くまで行きましたが、今日は気分が回復しましたので、水辺まで下りてみました。少々においは気になりましたが、大きな船も航行していましたよ。東シナ海河口も割と近いようですね」

そして、

「荻原さん、夕食後よかったら私の話を聞いていただけますか?」

松尾の話が何なのか見当もつかなかったが、「わかりました。そろそろ夕食に行きますか」と達郎は軽装に着替えた。

(6)

松尾の告白は要約すると以下の通りであった。

一九八八年四月中旬、当時は東京本社で働いていた松尾は渋谷駅で、その後結婚した奥さんと偶然知り合った。名前は麗香と言った。

一九六六年頃から文化大革命が中国内を席捲する。毛沢東が進めてきた農村政策や計画経済がうまく進まず、これを立て直そうとした劉少奇や鄧小平など実権派と呼ばれた人たちに危機感を抱き、右派と規定して紅衛兵と呼ばれた若者を利用してこれの排除を熾烈に行った。十年近くも続いたこの騒動で四千万人が犠牲になったと言われている。共産党の内部抗争で多くの罪なき人たちが巻き込まれたのである。

肉親間でも内部告発で摘発されるという悲惨なものもあり、紅衛兵によるつるし上げ、暴行、虐殺を受け、農村などで下放と呼ばれて強制労働を強いられたという。その中には共産党幹部、高官、中産階級の知識人、医師など、日頃、生活を主導した人たちが多数含まれていた。

その時、麗香の父は北京市内の大学の教授であったが、身の危険を察知して家を処分して共産党幹部に賄賂を贈り、妻と五歳の麗香を伴い香港経由でアメリカに脱出していた。ただ二つ年下の妹、麗美は上海の父親の親戚に預けてあったために連れてゆくことができなかった。脱出は上海からと計画していたが、その余裕がないためやむを得なかったのである。

その後、国内は混乱の域に達した。十年近くに及んだがようやく下火になり、紅衛兵などは潮が引くように姿を消した。毛沢東が四人組に支えられ主導権を確立すると、利用した紅衛兵などは農村などへ下放と称して追放されてしまったのである。しかしやがて毛沢東の力も衰退して四人組も逮捕され、復権した鄧小平は開放政策を積極的に推し進めることになった。

麗香は成人してから、妹とのコンタクトをとるために中国に近い日本に生活の場所を移した。アメリカで英語、日本語を学んでこれを活かして、通訳や旅行コンサルタントの会社で働いた。そして何度か香港へ出向き妹の消息を追ったが、なかなか所在はわからなかった。

そんな折、父親が単身で日本に来て友人宅の横浜に逗留していて、麗香は会うため、渋谷駅で待ち合わせをした。かつて父親も日本で暮らしたことがあり簡単に合流できると思っていたが、うまくいかなかった。麗香も必死で捜していた。そこへ松尾が通りかかり、声をかけて一緒に捜してやったらしい。間もなく父親と会うことができた。そのお礼がしたいと喫茶店でお茶を馳走になった。

麗香が中国人であることはそこで知らされた。麗美の消息を知るために父親がアメリカから来て、日本の友人からも情報を集めていたらしいことも。

一九七六年には周恩来の死を悼むことを発端にして第一次天安門事件が勃発、そして十有余年経ち、ソ連の崩壊から東欧の共産主義からの離脱、「北京の春」と銘打った第二次天安門事件が五十五日間にわたって中国を揺さぶる。

麗香が妹の消息を探す条件としてこの二十年という月日は、非常に困難な条件になってしまったのである。

松尾と麗香は二年余りの交際を経て結婚した。結婚後、松尾は神奈川に転勤した。その直後、突然妹の情報がもたらされた。アメリカに帰った父親からの手紙によれば、最近、中国から訪米した知人の話で、妹は最近まで北京の大学の研究員として勤務していたらしい。しかし今は第二次天安門事件に関与した疑いで指名手配されているという。

麗美を預かった親戚も文革の騒動に巻き込まれ、その親戚は知人に麗美を託したようだが、それから消息を絶ってしまっていた。託された知人は麗美に害が及ばぬように育ててくれたので成人まで無事でいられたのである。最近になって、知人がすべての経緯を麗美に打ち明けて、それを知った麗美が北京の親しい友人などに話したことから、やがてアメリカの両親に繋がったのである。

しかし麗美とは今は簡単にコンタクトがとれなくなっている。

松尾の研修が決まったのはそれから間もなくであった。

松尾は麗香とアメリカの両親とでこの機会をどのように活用しようか、父親の伝手を使い、中国国内の反体制派組織とも連絡をとりながら話を進めてきた。両親の希望は麗美との再会を果たすことはもちろんのこと、できれば国外へ逃がしてやることである。結論として麗美とは、松尾の研修期間十日間のうちで何とか接触を図り、いくばくかの資金を渡すこと、出国のルートの確認などを行うことになった。

研修の三都市のどこで麗美と接触するのかは松尾も明らかにしなかった。

達郎は松尾に「麗美のことをなぜ自分に話したのか」と聞いた。それについて松尾は達郎に自分の行動を見守ってほしいとのことであった。

義父や麗香から聞く中国の実態は、松尾が中国で麗美と接触を図ろうとする行動を怯ませるようなものであった。その時偶然、研修で同室者になった達郎があのセミナー会場で質問した勇気を見て頼ろうという気になったようだ。

*

松尾の告白は一時間を超えていた。既に時計は零時を回っていた。

松尾の話は真剣なものであると受け止めた達郎はできるだけ協力してやろうと思った。ただ何ができるのか、頼られるような力もなく、考えも浮かばない。まして中国という異国の地では動きも制約されてしまう。

「荻原さんに迷惑が及ぶようなことはお願いしません。先ほども言いましたが、私が動いた時に近くで見守っていただくだけで結構です」

松尾は軽く頭を下げた。

「広州市でのコンタクトはもうないと思います。実は昨夜遅かったのは広州では一日目、沙面島近辺で午後九時に接触することが指定されていました。右手にハンカチをまくことになっていました。だが接触はありませんでした。それでもと、かなり遅くまで付近を歩き回っていました。しかし失望はしていません。まだ上海と北京が残されていますから」

（7）

三日目は午前中、自主選択講座として主にリーダーシップや発想転換など、労務を主体とする課題が組まれており、班ごとに自由に選択して参加し、一日目の企業見学と含めて、午後、その成果を発表した。

一五時からは市内の鎮海楼や中山記念堂などの史跡を中心に見学し、十七時にはホテルに戻った。ガイドの林は午後のバスに乗り込み案内役に徹していて、達郎たちには特に接触してこなかった。

夕食時には広州市の幹部が簡単に送別の言葉を述べた。料理も工夫されたメニューが組まれたが、早くも日本食を求める声がチラホラ出てきた。

夕食後、達郎は松尾と部屋に戻る途中、ロビー付近で高沢の顔が見えたので松尾に紹介した。立って話しているとガイドの林が玄関方向から三人に近寄ってきた。「皆さん、明日はお別れですね」と明るく挨拶した。

「明日は空港までご一緒します。広州はいかがでしたか、感想を聞かせてくれませんか」

達郎は林からガイド以外の興味ある情報が聞けるかもしれないし、林も話がしたい様子に見えたので部屋へ誘った。二人も同意した。

「考動学習の成果はありましたか」と林は早速切り出した。三人とも黙っていると「町の人々は親切だったでしょう」とさらに問いかけてきた。

「人間一人一人は皆いい人であり、分別をわきまえ、慈悲深いですね。しかし、集団化した時、つまり、宗教や民族、思想集団に属すると変貌してしまいます。凶暴、残酷非道な行為にも加担してしまいます」

「林さんは何が言いたいのですか？」

高沢は林が伝えたいことがまるで理解できないかのように逆に尋ねたが、達郎と松尾には薄々はわかっていた。

「私は革命にはもちろん参加していませんし、文革では五歳、記憶には何もありません。しかしその時、巻き添えで父は殺され、母は心労で間もなく病死したと聞いています。親戚で育てられて今の私があります。理想の社会……そう、争い、憎しみ、殺したり殺されたりしない世界の実現は夢想ですかね。私は必ず来ると信じています」

「つまり、労働者、農民が主人公の中国を全面的に否定するわけですか」と達郎も問いかけた。

「共産党政権を信じません。私と同じ思いの人たちは国内外にたくさんいます。大きな事件で追放されたり、海外に逃げ出した人たちも帰れる日を心待ちにしていると思います」

松尾は備え付けのポットから茶を淹れてきてテーブルに置いた。

「皆さん、研修の目的は何ですか？　何を学びに来たのですか？」

ぐさりと胸を突かれた達郎と高沢は沈黙してしまった。達郎が日本で知り得た中国、松尾の昨夜の告白が林によって、今、改めて現実味を増したのであった。

「ごめんなさい、ちょっと感傷的になってしまいました。日本に伝わる情報は時にはマスコミさえ真実と異なった報道をせざるを得ないこともありました。皆さん、私たちのような者が中国にも大勢いることを知っていただければと思います。そして帰ったら、皆さんの仲間にも伝えていただければ幸いです」

林はそれだけ言い終えるとまた明るい顔に戻り、茶をうまそうに飲んで席を立った。そして昨夜、達郎がもらった名刺を取り出して、

「上海では楊高樹という男がガイドの一人として皆さんを案内します。何かあったら相談してください。私よりも力のある男です」

林はその名刺に楊の名前を書くと部屋から出て行った。

林が去ってから、しばらく三人は沈黙して茶など啜っていたが、高沢が、

「何か暗い気持ちになってしまったなあ。俺も正直半分は物見遊山的な気持ちでこの研修に臨んだ。林さんみたいな悲しい過去を持ちながらも、しっかりと今を生きている人には申し訳ない気持ちになったよ」

「日本でもそれに似た人たちがいるのは間違いない。俺たちは俺たちで学んで、現実に対処すればと思うよ」

抽象的だとは思ったが、達郎は何か言わずにはいられなかった。

するとそれまで沈黙していた松尾が、

「あまり深刻になることはないと思います。研修の半分は楽しみましょう」

と空気を明るくしようとでもするかのように言った。達郎は思いもよらない松尾の言葉に戸惑ったが、「さあ、明日も早いし、移動で疲れるから休むとしよう」と促した。

(8)

広州白雲空港から研修生は三つの航空機に分乗して上海に向かった。林は空港で「グッドラック」と一言、白い歯を見せて達郎に声をかけただけであった。

二時間余りの短いフライトで上海浦東空港に到着した。そして一時間の差で研修生は再び全員が合流した。昼食会場へ向かうバスのガイドは女性であり、林が紹介した楊高樹がどのバスに乗ったのか皆目わからなかった。昼食時に高沢に聞いたが、高沢のバスのガイドでもないらしい。

一時間後、上海での宿舎、市内中心地にある日本のオークラ系列のホテル、花園飯店に向かった。このホテルでは一五時から上海市の幹部との懇談会が行われることになっていて、その後のスケジュールは、夕食をホテルでとり、夜の観光名所の一つ外灘（バンド）でクルーズ体験となっていた。

上海幹部との懇談会は広州の講演と同じようなもので、発展中国の宣伝が大部分を占めていた。また懇談とは名ばかりで、主催スタッフが差し障りのない質問を行い、研修生は出る幕がなかった。広州のように進めたくないという意図を達郎は感じた。研修生も物足りなく思っているに違いない。

外灘は中国色がそこだけ抜けたかのような場所であった。左には租界時代の西洋館がどっしりと構えており、対岸には近代高層ビル群が林立していて、そのミスマッチが今の中国を象徴している。達郎はそのように感じたものの、圧倒的なスケールには目を見張っていた。少し霧が出てきたが、かえって光がビル群を浮き立たせて幻想的であった。

約三十分で船は折り返すが、船が方向を変えている時、達郎は少し離れてこちらを注視している男に気がついた。男と視線を合わすと笑顔で近づいてきた。達郎はこの男が楊高樹だと直感した。

「荻原さんですか？　初めまして楊です」

男は林と同じ年代に見えたが、小太りで精悍な顔つきであり、鼻の下に短めの髭を伸ばしていた。

「上海は広州とまた違った雰囲気があるでしょう。生憎、僕は違うグループの案内を担当しています。また話す機会があるでしょう。なんでも相談に乗ります」

楊はそれだけ言うと達郎から離れて行ってしまった。

達郎はホテルに戻ると、夜のとばりも深まる庭園へ高沢を誘った。広い敷地で山水風に造られた豪華な庭は、達郎がこれまでに目にしたことはないものであった。椅子に腰かけた途端、高沢が唐突に、

「タイガーバームを買いに行かないか？　明日の夜、付き合えよ。香港に行った知り合いから聞いたのだが製造している香港よりもこちらの方が格安で手に入るそうだ」

当時、タイガーバームは消炎鎮痛軟膏として日本でも販売され人気があった。

「俺らのガイドに聞いたら、西部水城路と虹古路の角に大きな市場があり、そこで売って

いるだろうと言っていた」

「とりあえず明日にでも楊さんに聞いてみよう。付き合うよ。松尾さんも誘ってみよう」

達郎が答えると、高沢は、

「そういえば松尾さんのことはお前からいろいろ聞いたが、その後進展はしているの？」

「いや、俺も不思議に思っている。義妹のことを初めて打ち明けられた時は切迫したものを感じた。以来、松尾さんはそのことに何も触れないばかりか、落ち着いているようにさえ見える。俺の方が緊張しているよ」

達郎は胸にしまってあったものを高沢に吐露した。

部屋に戻る途中、吉本に廊下でばったり出会った。吉本は「今、明日の予定を松尾さんに伝えたので聞いてください」とだけ言って、他のメンバーの部屋に向かった。

明日午前は企業訪問、昼食はその企業でとり、午後はバスごとにいくつかに分れて市内の名所、旧跡を回り、一五時にはホテルに戻って企業見学の感想などを班ごとにまとめて事務局に提出するなど、松尾の説明を聞いた。

「それより荻原さん、明日の朝食は和食が食べられるかもしれませんよ。百人限定ですが、希望者の中から抽選になり、外れると翌日に機会が与えられるそうです。中国のホテルで和食が出されるのは珍しいと聞きました。当たった人はラッキーですね。荻原さんも挑戦しますか」

「もちろん挑戦しますよ」

中国に来て数日もしないうちに達郎は白米、みそ汁が恋しくなっていた。

翌朝、ロビーには研修生が多数集まっていた。小さな紙片が配布され、丸印が当たりで、五階の和食レストランに行けることになる。

達郎は松尾と連れだってこれに臨んだが、松尾は当たり、達郎は選に漏れてしまった。「まあ機会は明日もある」と自分に言い聞かせて一階のアメリカンスタイルの会場に行くと、料理を物色している高沢がいた。「お前、外れたか」と声をかけると、高沢は、

「いや、俺はそんなに食い物にはこだわらない、これで十分だよ。郷に入れば郷に従えと言うだろう」

と屈託なく言う。高沢は案外図太い神経の持ち主かもしれないと達郎は思った。そして同じテーブルに着いた時、高沢は「楊さんは七号車に乗っているらしい。昨夜の件は俺が聞いておくよ」とフットワークもよい。

企業見学の後、昼食は企業内の食堂で弁当が出された。このところ食事は豪華さが目立っただけに、非常に質素に感じた。休憩中に高沢が近づき、

「楊さん、今夜案内してくれるそうだ。松尾さんはどうだった?」

「うん、今朝部屋で和食の感想を聞いた時に行くと言っていた。しかしタイガーバームにはあまり興味がないらしい。楊さんが同行してくれるなら安心だな。そうそう、納豆、鮭、味噌汁、特別な味だったらしいぞ」

と言ったが、高沢はあまり反応しなかった。


夕食後部屋に戻ると、すぐに楊からロビーで待っているとの電話があった。

楊はにこやかに三人を迎えた。

「この近くにも販売している店はありますが、今日は市内を少し案内しましょう。事務局には私からお話をしてあります。あまりいい顔はしませんでしたが許可されました。しかし遅くまでは付き合うことはできません」

楊はホテルの駐車場に停めてあった小型車に三人を乗せて、市内にくり出した。

三十分も走ったろうか、周囲は住宅街で、市の中心部からは外れているためか、車の往来やネオンの光などなく静かな場所であった。その一角のとある家の裏側に車を停めると、楊は「ここは私の知り合いです」と店に入って行った。

店とは言っても外からは品物もそんなに陳列してあるようには見えなかった。雑貨店というところかと達郎たちは店内を窺った。間口は二間もない平屋の建物であったが、室内は意外に明るい照明が使われていた。

戸を開けるとすぐに中年の夫婦とみられる男女が顔を出し、にこやかに迎えた。楊は中国語で二言三言二人に言うと、

「潘さんと言います。二人はご夫婦です。薬は今、店にないそうです。明日なら入荷するそうです。どうしますか。私が明日届けてもいいですよ」

「お願いします」

高沢は楊の言葉に同意した。

「お茶でも飲みますか」

楊は三人を店の奥に誘った。夫婦も手で案内した。八畳ほどはあるだろうか、床は板張りで、質素だが、清潔な感じのする部屋であった。

「日本では鉄観音と言います。味わってください」

女性の淹れてくれた茶を楊は飲むように促した。

「中国茶は日本でも手に入りますが、こんな風味は初めてです、やはり本場ですね」

高沢は物知り顔でお世辞を言い、朱泥の小ぶりの湯飲みに鼻を近づけて香りを嗅ぐ仕草をした。何とも言えないまろやかな風味を達郎も感じていた。松尾も頷いていた。

十分余り楊を介して雑談していると、裏口から突然二人の男が現れた。夫婦と楊は別段気にした様子も見せずに自然に受け入れているところを見ると、親しい知り合いなのだろう。楊はすぐに「この方たちは日本人ですよ」と二人を紹介した。

「富田です。こちらは坂本です。二人とも今はヒッピーです」

富田と名乗った男がちょっと茶目っ気に名乗り、握手を求めてきた。

「中国にヒッピーが？　それも日本人の？　思いもよりませんでした」

松尾が初めて口を切った。「それで何か目的でもあるのですか」とさらに続けた。

「目的は特にありません。大陸を自由に駆け巡っています」

なるほど二人の出で立ちからは名乗らなければ日本人だとはわからない。

「ビザだとか行動に制限はされないのですか？」

高沢の問いに「我々が外国人に見えますか?」と坂本が答えた。続けて、

「この国に溶け込んでしまえば、特別何もありません。もうかれこれ二、三年になります。皆さんはツアーか何かでこちらへ?」

「団体の研修で来ました。行動の制限は結構されています。今夜も、楊さんが事務局に掛け合っての外出です」

「どうですか、中国は」

「到着して日も経っていないので何とも言えませんが、昼間からあんなにも人があふれているのにはびっくりしました」

「一九四九年に社会主義中国が誕生して四十年余り、まだ発展途上です。貧富の格差も広がっています。農村も回りましたが、ひどい生活をしています。都会へ出稼ぎに行っても籍の移動ができず、市民権も得られないため、病気になっても高い医療費を請求されます。病院さえ簡単に行けません」

ヒッピーと名乗りながら社会問題まで鋭く突いてくる二人はいったい何者だろう、と達郎たちは思った。

楊は話題を変えて「上海市長だった朱鎔基をご存じですか」と二人を見た。達郎はもち

ろん高沢も知るはずがなかった。

「四月に突然、北京に召集されました。今は国務院副総理に就任しています。朱の長男とは私、友達です。朱が市長の時はよくマージャンをしました。中国はこんな人事をよくやります。第二次天安門事件時に上海ではこの波及をうまく収めた手腕を見込まれたとの評価もあります。蜂起した側には反革命動乱分子とのレッテルを貼らず、犠牲者を最小限に朱が収めたことは確かですが、その戒厳令を発した鄧小平に見込まれたとは皮肉なことですね」

「大物の間では、もし中国が外国から侵攻された時は、上海だけは死守せよとなっているとも聞きました。地政学的にも上海は要かもしれませんね。しかしこのうわさも党内部が一枚岩でないことを象徴しているとも言えますね」

楊の話すことはにわかに信じがたいことであったが、興味を引く話ではあった。

「楊さん、広州の林さん、そしてこの二人の方たちは所謂、反体制派と解釈してもよろしいのですか？」

高沢は大胆に突っ込んでゆく。達郎はハラハラしながら、彼らの答えを待った。

「今夜はこれくらいにしておきましょう。ただ天安門で犠牲になった学生や人々のことを私たちは決して忘れません。それが私たちから今、皆さんへのメッセージとしておきましょう」

確かあの騒動の首謀者二十数名は指名手配され、今も厳しい追及を受けており、公表されていない人たちも多数地下に潜っているか、外国で次の機会をうかがっているかもしれないのだ。そして松尾が会おうとしている義妹の麗美もその一人なのだろう。

「皆さん、お腹がすいたでしょう。皆で何か食べに行きましょう」

店の夫婦に礼を言うと、楊は先に立って歩き始めた。

「近くにうまい店があります」

楊は角を曲がり、明るくなっている数百メートル先を指して幾分速足で先導した。

そこは、この辺りに住む人たちが食材を調達したり、食を満たす小規模の市場であった。楊が案内した食堂には遅い時間にも拘らず食している人たちが席の半分を占めていた。楊は「任せてください」と、麺と春雨、小籠包などをテキパキと注文した。外は雨でも降るのか肌寒く感じられ、丼の湯気たつ麺が食欲をそそり、皆食べることに集中しているようであった。

店の前でヒッピーの二人と別れて車に戻り、ホテルに向かった。

ホテルまで近いな、と達郎は外の家並みを見ていた。すると突然運転している楊が、

「松尾さんに協力します。時間はあまりありません。荻原さん、高沢さん、ここで車を降りてください。先ほどの二人も松尾さんをサポートします」

楊は切羽詰まってやや興奮気味に言うなり、車を停めた。達郎と高沢は唐突な展開に戸惑ったものの車を降り、松尾を窺うと松尾は小さく二人に頭を下げた。

車は次の角を左折して急いで走り去った。

ホテルはそう遠くはない。前方右手に見えている。二人は歩き始めた。

「俺たち、松尾さんに何も協力することもできなかったな、高沢はどう思う」

「どうもこうも見守るしかないな」

さっぱりと高沢は言った。達郎もそれに同意するしかなかった。

時計は午後十時になろうとしていた。

ホテルの玄関まで一〇〇メートルくらいになった時であった。後ろから一台の黒い乗用車が静かに止まると、中から五十代の男が降りてきた。

「上海公安です。日本の方ですね。旅行ですか。すみませんが、パスポートを見せてくだ

さい。ビザもお持ちですね。両方お願いします」

達郎も高沢も持ち合わせていない。紛失を避けるために部屋の金庫に保管してある。これまでもそうしてきた。

「ホテルの部屋にあります」

「携行は義務付けられていますね、係から提示を求められたら速やかに見せなければなりません」

「そこの花園飯店まで来てください。お見せしますから」

達郎に緊張が走った。

気がつくといつの間にか二台の別の車が近くに止まっていた。

「とりあえず事務所まで来ていただけますか?」

流暢な日本語で言葉は丁寧だが、有無を言わせない態度であった。また周りには三人の私服の男たちが二人を取り囲むように立っていた。

「時間は取らせませんからお願いします」

男がドアを開けると周りの男たちはさらに二人に近寄り、車の方に軽く背中を押した。ただ事ではないと二人は顔を見合わせたが、今は従うしかない。

連行されたのは「浦東分局」であったと後で聞いたが、一旦ここの会議室に二人は収容されて三十分ほど待たされた。

しかし特に取り調べもなく、間もなく別々の車に乗せられて二十分ほど移動し、交通量の多い道路の一角に立つ、古いが大きな建物に収容された。上海公安部という看板が少し見えた。

そのまま六畳ほどの取調室と思われる部屋で椅子に座らされた。机の脚にはロープが巻き付けられていた。これは拘束にでも使われるのだろう。高沢も同じような状態にあるに違いない。

組合の青年部の運動に参加した頃、デモなどで警察に捕まったら完全に黙秘するとの指導を受けたことを思い出した。それがここで通用するのかわからない。

(俺たちはパスポートの不携帯という軽微な過失で捕まったに過ぎない。だから黙秘などすれば疑惑をさらに増すことになるのでは……)

いろいろと考えてしまう。高沢のことも気になる。

部屋には先ほどと違う二人の私服の男が入ってきた。身なりから少し上の位に見える。

そしていきなり「あなたは天安門事件を知っていますか？」と切り出した。パスポートのことではない。

「報道で知る限りは……」

「どのように評価していますか？」

「よくはわかりません」

「犠牲者が多数出た。軍が攻撃した。日本の新聞やテレビで報道されていますね」

「先ほど答えたとおりです」

「今日外出して誰と会いましたか？」

「タイガーバームを購入するためにガイドさんにお願いしてお店に行きました」

「お店では誰と話したのですか？」

「名前はわかりませんが、店の方と二人の店に来た人です」

日本語を流暢に話す男は矢継ぎ早に質問を繰り出してきた。

達郎は彼らが拘留した理由はパスポートの関係ではないと確信した。できるだけ核心に触れないように、そして名前は伏せるよう注意した。

（高沢は大丈夫だろうか。尋問にうまく対応しているだろうか）

気になった。二人の供述の矛盾を突かれるようなことがあれば面倒になる。

「広州でも夜外出していたとの報告が入っている。他の研修生と異なった行動をあなたたちは繰り返している。変ですね」

「単なる好奇心です。旅する者は何でも見たいものです」

「正直に目的を話してください。協力しないと、長い拘留になりますよ。日本に帰国するのも遅れてしまいます」

「……」

「あなたはまずパスポートの不携帯、中国国内での政治活動の禁止に違反しています。これは重大な犯罪ですよ。日本からの目的、つまり誰から、何を依頼され、誰と会ったのかはっきり答えてください」

「……」

「話してくれれば、あなたは単なる仲介者として軽い処分で済み、自由にしてあげます」

これは甘言だ。松尾やガイドの二人に害が及ばぬように絶対に喋らないぞと気持ちを引き締めて腹をくくった。

「広州では立派な発言をしたそうですね。あなたは勇気のある人だ」

（今度は持ち上げてきたな）

達郎は冷静に対応できる自分に驚いていた。

（松尾は義妹とコンタクトできたのだろうか。無事なのか）

取り調べの男たちの鋭い視線を感じながらも心を痛めていた。

尋問は一時間に及んだろうか。取り調べていた二人は「よく考えてください。ちょっと休憩しましょう」と部屋から出ていこうとしたので、「ちょっと待ってください。ホテルの事務局か日本の領事館に連絡してください」と達郎は開き直って言ったが、「考えておきましょう」と無表情に答えて出て行ってしまった。

間もなく制服を着た二人が来て持ち物のチェックもされずに、鉄格子はないが鍵付きの四方厚い壁に囲まれた留置場風のところに移された。トイレはドア付きで部屋の一角にあり、水道も完備していて、一本のミネラルウォーターも置かれていた。また毛布もあった。

それきり取り調べもなく、毛布に寝転がっているうちに眠りに落ちたらしい。目覚めると時計は六時を指していた。頭はすっきりしたが、昨夜の目まぐるしい出来事が浮かんできた。

（皆は無事なのか？　研修スタッフや班の連中はどのような反応を示しているだろうか）

それから少しまどろんだが、廊下を行き交う靴音が多く聞こえるようになった頃、鍵が突然外され、戸が開いた。

「さあ出なさい。少し約束をしてください。昨夜の部屋で署名をしてもらいます」

初めて見る顔の若い男で、洗練された私服を着ていた。さらに上の者かもしれない。

署名用の紙は既に机に用意されていたが、同じものが二枚並べてあるのに気がついた。

おや、と思ったところ、ドアが開き高沢が連れられてきた。高沢は片目をつぶり、合図を送ってきた。消耗しているようには見えないので達郎は安心した。
・パスポートは必ず携行する
・政治活動（集会、行進、示威、署名活動、印刷物配布）はしない
簡単に書かれたＡ４の紙で日本語が中国語と併記されていた。

最後に日付と名前を書くように言われた。高沢が達郎の方を見たので頭を縦に振り、署名をするように促した。名前も割れているし拒む理由もない。まして雰囲気は釈放されるように見える。

昨夜の執拗な態度とは打って変わった対応に戸惑いながらも達郎はほっとした。

「玄関に保護者が待っています。これからは、疑われるような行動は慎んでください」

玄関まで二人を送り、無表情で若い男は踵を返した。

玄関には事務局の二人が待っていた。ホテルに着くと玄関のロビーに松尾がいた。松尾は駆け寄り、「すみません、荻原さん、高沢さん」と言ったが、目を腫らしてそれ以上の言葉は出なかった。

「朝食をとってください。今日の行動にはお二人は参加しません。食後に上海の日本領事館の方がお話を聞きたいそうです」

事務局の一人が言った。

松尾は何か言いたげであったが、研修生が待つバスの方へ小走りで向かった。

一〇時頃、領事館の係官二人が到着した。達郎と高沢はロビーに呼ばれ、人目に付きにくい窓際の椅子に誘われた。事務局からも一人が立ち会った。係官は自己紹介をしてすぐに聴取を始めた。

「早く釈放されてよかったですね。今、上海には四万人くらい日本人が住んでいます。トラブルもいろいろあります。価値観も日本と全く違います。外国であることを頭に置かないと思わぬ傷を負い、内容によっては深刻な事態になることもあります」

一人が脅しともとれる口ぶりで言った。別の係官が、

「お二人は広州でも夜、外出したそうですね。上海でも疑惑をもたれるような行動をしています」

「いや、ただ、タイガーバームを手に入れるため、市内をガイドに案内してもらっただけです」

達郎は否定した。

「まあ、いいでしょう。このことは公にしません。日本の外務省には報告しますが、特に深刻になることはないでしょう。ではくれぐれも慎重に行動してください」


あっけなく領事館の係官は聴取を終えて帰っていった。

上海三日目の行動が終わって夕食後、達郎と高沢は松尾から昨夜のいきさつを聞いた。

「お二人にはご迷惑をかけて申し訳ありませんでした」

松尾はまず頭を下げて詫びた。

「お二人を利用したり、巻き添えにすることなど考えていませんでした。昨夜、義妹と私が会える段取りは既に整っていました。たまたまお二人の外出のリクエストと一致してしまい、これを断るのは不自然なので、タイミングを見て決行しようと楊さんと打ち合わせていました。楊さんの仲間から義妹へのマークがきついとの連絡があり、お二人とは別行動をとって強行することに決めてあのようなことになったのです」

さらに、

「ホテルの手前で楊さんは待ち受ける公安の気配を察知して、急遽、お二人を降ろしある地点に急ぎました。ある地点とは義妹の麗美と接触を指定されたところです。既に広州で林さんに聞いていました」

「それで松尾さんは落ち着いていたのですね。麗美さんとは接触できたのですか？」

高沢が聞くと、

「車の中で楊さんから、あの騒動で二十数名が指名手配されていますが、その中に入っていないものの、同等の扱いで義妹が厳しい追及を受けていることを聞きました。公安は執拗に追ってきましたが、ホテル周辺に重点を置いていたため、うまく切り抜けて短い時間でしたが会うことができました」

さらに、

「ヒッピーを名乗った二人の車にサポートされた義妹とは、互いに車の中から言葉を交わしただけでしたが、『両親、姉に会いたい気持ちは変わらない。でもお兄さん、私は外国に逃げるつもりはありません』とはっきり言いました。義妹はさらに、『いつの日かこの国が民主化されたら喜んで会いに行きます。どうかそれまで元気で暮らしてください』と、涙を浮かべていました。私は準備していたお金の包みを固辞する義妹に渡しました。僅か五分くらいの短い会話でした」

松尾は目を伏せて、

「皆さんには大変ご迷惑をかけてしまいました。ごめんなさい」

深々と松尾は頭を再び下げた。

「俺らが拘束されて悲願がかなったと思えば、しかも武勇伝になりそうないい経験をさせてもらったから、こちらこそ感謝すべきですよ。なあ、荻原」

長い付き合いで高沢の性格はわかっているつもりであったが、達郎は改めてここでまた人間的なスケールの大きさを感じた。

「それで林さんと楊さんは無事なのですか？」

達郎は気がかりなことを聞いた。

「今日のガイドは他の人に変わっていました。楊さんは義妹と別れてすぐに私を降ろして、タクシーでホテルに帰るように指示して走り去りました。ただ一言、『いつか来る日のために、私たちは十三億の人民の中に消えます』と」

（9）

研修最後の都市北京では達郎、松尾、高沢は目的を果たして気が抜けたように研修生の後ろについて行動していた。

ただどうしても、達郎はこの国を動かしている中枢機関がある中南海だけは見ておきたかった。天安門近くに位置し、人工湖の三つのうち中海と南海が近辺に配す膨大な要塞の中で、この国の進路が決定される。しかも共産党の大幹部少数で決めるのである。無論、この決定事項は絶対のものであり、いかなる異議も認められない。

幸い天安門付近では班ごとの二時間の自由行動があったので班長の吉本に頼み、班で中南海の表玄関、新華門まで足を延ばせることになった。他のグループは紫禁城や人民大会堂、中山公園などに散っていった。

新華門はいかにも頑丈で、きらびやかな装飾が施されていた。衛兵が監視しているが、カメラ撮影は規制されなかった。しかし近寄りがたい雰囲気であった。

班長の吉本が「荻原さん、あそこに書かれている文字はわかりますか?」と門の中を指さした。見ると門から少し入った正面に大きな文字が彫られた石が置かれていた。

「『為人民服務』と読めるが、どんな意味だかわかる人はいますか?」

と達郎が皆に向けて問いかけた。達郎は意味は薄々理解できたが、あえて声を出した。自信がないのか、誰からも答えは返ってこなかった。

「『人民に奉仕する』が妥当な意味でしょうね」

と中年の日本人旅行者らしい男性が横の方で呟いた。達郎は軽く頭を下げて礼を言った。

全日程は僅か十日間。危うい出来事も体験したが、高沢や松尾はどのように受け止めているのだろうか。帰国後に機会があれば再会して話してみよう、と達郎は思った。

（10）

帰国後の出来事と言えば、一週間もしないうちに外務省領事局海外邦人安全課という長い肩書の部署からの呼び出しを受けた。東京へ出向き、高沢とともに簡単な聴取を受けた。それは上海の領事館の係官と変わりないものであった。しかし帰り際の一言が頭に残った。

「荻原さんたちがこんなにも早く解放されたのは異例ですよ。誰か大物でも動かしたのですか？」

達郎は知る由もなかった。

それから一月後、中国から国際便が届いた。楊からであった。小さな箱と便せん二枚が添えられていた。

楊の手紙の趣旨は、

・日本の仲間の連絡で松尾と義妹の麗美とのコンタクトを組織が練ったこと
・荻原と高沢を利用する気はなく、流れで迷惑をかけて申し訳なかった
・コンタクトをとれたのは二人のおかげである

・麗美、林と私は無事である

以上を簡単に述べて次に続いた。

お二人が拘留されたことはホテル前に潜んで見守っていた仲間から知らされました。麗美を安全な場所に移して、北京の我々の上部の者に相談しました。

北京の判断はお二人に危害が及ばぬように素早く最大の手段を取れ、そのために大物を動かせというものでした。大物とは上海では当時、彼に逆らう者は共産党の中にもいない絶大な力を持った人です。躊躇している余裕はありません。私はその人とは知り合いであったので、これを利用したわけです。鶴の一声、あっけなく解決に向かいました。これには私も驚きました。同時に胸を撫で下ろしました。

その人が誰であるかは皆さんを案内した時に一度言った気がします。思い出してください。

善いか悪いかを別にして、天安門での忌まわしい過去、悪い印象の修復を世界に発信している最中だと、その人は判断したのではないかとも考えられます。賢明な選択をしてくれました。
北京の春が近いうちに訪れるように、そして麗美が日本で家族と再会できるように
祈ってください。
追伸
あの時果たせなかったタイガーバーム、高沢さんにも渡してください。
皆さんお元気で、さようなら。

小さな箱には十個のタイガーバームが詰まっていた。
達郎はすぐに高沢に電話をした。高沢は「よかった」と一言言ってから、「松尾さんはたぶん今の状況は知っていると思うが連絡をとってみるよ」と言って電話を切った。

(11)

あれから二十年になる。

達郎は今一枚の写真を見ている。大分褪せているカラーの写真だが、北京の新華門を背景にした、班の仲間との集合写真だ。かすかに「為人民服務」が後ろに見える。

今、中国は大国になったと自負している。

GDPが日本を抜いて世界第二位になったのは事実だ。だが果たして名実ともそうなったのか。少数民族問題、多くの貧しい農民、人権問題、貧富の差の拡大等々、聞こえてくる負の部分も大である。

人民に奉仕すると宣言してから久しい。

麗美が日本に来て肉親と再会できたとは聞いていない。麗美の親も病気がちと聞く。

人民とは誰なのか、共産党員は特権階級に昇りつめてしまったままではないのか。自由な行動、自由な発言、自由な生き方を保障すること、それを可能な国にしてゆくことが人民への奉仕ではないのか。

達郎は苦笑する。こんなことを高沢に言えば、「お前、日本で政治家にでもなればよかったのに。今からでも遅くはないぞ」とからかわれてしまうに違いない。

階下から女房の「電話ですよ」と呼ぶ声がした。高沢であった。

高沢も退職して実家がある長野に今は住んでいる。こうやって時々、様子を窺うために電話をかけてくる。

「おい、お前、いいものを見つけた。明日にでも出かけて来いよ。久しぶりにお手合わせもしたいしな」

しばらく将棋も指していない。

「いいものってなんだ」

「見てのお楽しみだ」

早速、車で一時間もしない高沢の実家に向かったのは二日後であった。梅雨の晴れ間、珍しく浅間山もすっきりと見えた。

着くとお茶を一杯飲んで、すぐに出かけようと高沢は自分の車に乗り込んだ。

十分も走ると、

「ここだ、あそこを見ろよ」

車を止めて高沢が指さした。田んぼに囲まれた保育園であろうか、子供たちが庭で跳び回っている。

「あの垣根だ」

高沢はさらに車を近づけた。保育園は生垣に囲まれており、そこには真っ白な花が咲き乱れていた。

「お前が以前話していたバイカウツギだよ。こんな近くにあるとは気がつかなかった」

高沢は朱鎔基の手紙のことを覚えていてくれたのだ。

「見事に咲いているな。俺も実物を見るのは初めてだ。中国では太平花と呼ぶ。平和を象徴する花だ。前に話したな。その朱鎔基も八十歳を超えた。今年の四月に母校で講演し、日本に学べ、として三月十一日の東日本大震災の対応を評価したそうだ。つまり、中国で同じくらいの災害があればパニックになって何倍もの被害が出てしまう。原因は教育の未熟さだと指摘したらしい。今の国内を心配して彼も言わずにいられなかったのだろう」

「そうだな……おい、あれを見ろよ、穂高連峰とあれが槍だ」

達郎が西の方角に目をやると、くっきりと山並みが見えた。

「夏はもうすぐだな。蕎麦でも食いに行こうか」

高沢は相変わらず昔のままであった。

終

ホドの花

第20回東日本鉄道文芸年度賞　小説部門最優秀賞（平成二十九年三月二十八日）
第31回鉄道文学会　文学大賞最優秀賞（平成二十九年十二月九日）
交通新聞連載（平成三十年一月～九月）

1

小・中学校の同窓会が伊香保温泉で開かれた。古希に達したのを記念したもので、既に鬼籍に入った者もいたが二十数名が参加した。小さな町であったが百人を超えたクラスメイトがいた。そのうちの四分の一が参加したのだから比較的多く集まったことになる。戦後のベビーブームの走りという時代であった。

宴会では自己紹介があった。しかし記憶にある顔とは一致しない者も多かった。長い月日の流れを正雄は感じた。無論彼らもそう思っているだろう。

朝、目覚めると六時前であった。深夜まで語り合った同室者の軽い寝息が聞こえた。熟睡しているようであった。浴衣の上に半纏を羽織り、足音を忍ばせて部屋から出た。玄関から外へ行くと、前の通りには人影もほとんどなかった。少し歩くと、この温泉地の名物になっている三百段を超えるという長い石段があった。さわやかな朝の静寂につられて正雄はそこをゆっくりと上がった。十分ほどして高台に着くと神社の鳥居があった。聞いていた伊香保神社なのだろう。少し汗ばんだ首辺りを持参したタオルで拭いた。振り返ると温泉街が一望できた。遥か遠くには上越の山々が横たわり、頂には残雪だろうか、白いものが見えた。しかし、麓からは青さが増していて、やがてはそれも消えてしまうのだろう。夏は間もなくやって来る。

鳥居を潜ってすぐにそう大きくない社殿があった。境内は森閑としていて眩い朝の光が辺りを照らしていた。夜間に雨でも降ったのか地面はしっとりと濡れていて、宿から履いてきた下駄の音を吸収していた。一周して戻ろうとすると鳥居の近くに立て看板があるのに気がついた。立ち止まり見出しに目をやると、どうやら神社の由来と温泉の歴史が書かれているようであった。

正雄は少し興味を惹かれたのですべてに目を通した。それによると伊香保の湯は江戸以前にこの地に開かれて、隣町にある榛名神社詣での人々もここを湯治場として利用し、長い間賑わったとあった。近隣の民ばかりでなく江戸周辺からも多くが訪れていたらしい。一〇〇キロ以上歩いて詣でてその疲れを癒したのだろう。詣でた後の温泉は憩いの場として大いに活用されたに違いない。

宿に戻り湯につかると間もなく朝食になった。今ではほとんどがバイキング形式で、豊富なメニューに目をとられてしまい、食事をとりながらの会話も少なくなってしまう。同級生たちも盛り付けてきた料理を黙々と食べている。

再会を約束して三々五々それぞれが帰路についたのは九時頃であった。次に集まれるのはいつになるかわからない。明日の健康さえ保証されていない年代になっているのだ。正雄は旅館の玄関先で散ってゆく同級生たちを見送りながら少し寂しく感じた。

正雄の出発が遅れたのは土産に注文しておいた、朝製造するという名物の饅頭が宿に届くのが少し遅れていたからだ。その饅頭も間もなく届き、十時前に宿を出た。

復路は榛名湖を経て南へ抜ける道を選んだ。久しぶりに湖畔も見たかった。

つづら折れの山路を十分も登ると湖が見えた。

ウィークデイのためか観光客も少なかった。窓越しに景色を見ながら湖を半周して南の道を下った。五分も走ったろうか、間もなく榛名神社の参道入り口が左に見えた。

立ち寄るか迷ったが時間も早いので少し歩いてみようと、近くの駐車場に車を入れた。今朝詣でた伊香保神社境内の案内掲示に、この神社のことが触れてあったのも思い出していた。

榛名神社を訪れたのは初めてではない。独身時代に一度来ていた。もう何十年も前だ。

だから長い参道を歩いたくらいの印象しか残ってはいなかった。

駐車場の自販機でペットボトルの飲料を購入して歩き始めた。参道には趣を残した宿坊の看板が左右に数多く見られた。だが、今は宿としては使われていないようだ。土産物か飲食を提供しているらしい。傾斜の道を進むにつれて杉木立が増えてきた。樹齢はかなり古く、その大木が日射しを遮り、枝の間から射す光が苔むした石段に当たり、詣でる人を奥の社へ誘うようであった。周りの山々は若葉が生い茂り華やかな出で立ちなのに、ここは異次元のように感じられた。また境内全体が溶岩で形成されているためか、参道の両側は切り立った岩に囲まれていた。その岩も様々な形をしていた。奇岩とでもいうのか、中には名称がつけられているものもあり、見ていて飽きることがない。

しかし独りでは少し心細くなった正雄は、思わず参道の前後に人影を探してしまった。すると社殿側からも正雄の後ろからもちらほら参拝客が見えたので安心した。

古来、人々は神仏を崇めるためには場所も選定したに違いない。そこに立つだけで世俗から離れることができるところが必要だったのだろう。正雄はこれまで神仏に依拠することはなかった。だが、ここに立って心のよりどころを求めようとする人々の気持ちが少し理解できた。年を重ねた結果とも言えよう。

間もなく左に石段があり、その先には社殿らしき社が複数見えてきた。社殿も切り立つ岩に囲まれていた。奥殿は接した岩の洞の中にあるらしい。拝して上を見ると、せり出た岩石が頭上に落下してくるのではと思われて、正雄はそこから急いで離れた。社務所には神官と巫女が二人いたが、立ち寄る参拝者もまだ少ないのだろう、手持無沙汰に見えた。

戻ろうとすると社務所の脇に小道が下っているのに気がついた。覗くと今歩いてきた参道に接続しており、さらにその道は山上へと延びていた。ここまで来たついでに、足を延ばすことにして、正雄はその小道へ下りてみた。小道の脇には小さな清流があり、上流に目をやると、その小川を堰き止めた砂防ダムらしきものが見えた。壁は石を重ねたもので辺りの景観に調和していてそこらは明るくなっており、灌木林の新緑が眩しく輝いていた。この道は榛名湖へつながっていて伊香保方面と交流する古道であったことは後で知った。道を辿ると間もなく雑木林に入った。しばらく進むと道に草が目立ち踏み跡も消えてきた。

そろそろ引き返そうとしたその時、不意に横合いの笹藪から「こんにちは」と女性らしい大きな声がした。驚いて振り向くと正雄を気遣うように白い歯を見せた笑顔の女性が

立っていた。訝し気な正雄に、

「よくこんなところまで登ってきましたね」

さらに笑顔で声をかけてきた。

「いや、驚きました。あなたこそ、お一人で何をなさっているのですか？」

「気兼ねなく歩き回るには一人に限ります」

と快活に答えると、道に俊敏に飛び下りて正雄の前に立った。やや細身で黒髪は後ろに束ねて、大きめの二重の眼をまっすぐに正雄に向けた。年は四十代前半に見える。女性は小さなリュックを背負い、首には双眼鏡をさげて山行の装備をしていた。

しかしなぜこんな藪の中をうろついているのか、正雄はなおも不審の面持ちだった。それを察したのか女性は「洞窟を探しています」とさらに意味不明の言葉を発したので、ますます正雄は混乱してしまった。

「ソラってご存じですか？　芭蕉の弟子の曽良です」

曽良は知っているが、女性の真意がわからないので正雄は黙っていた。すると、

「その曽良がこの神社内の洞窟で暮らしていたという文献を読んだので、その洞窟を探しにきたのです。おかしな話ですね」

と、また女性は笑った。

「それで洞窟は見つかったのですか？」

「いや、下調べもしないでいきなり来ても無理ですよね。私の悪い癖です」

ややや自嘲気味な口ぶりであったが、それほど深刻には聞こえてこなかった。むしろ行動を楽しんでいるように見えた。

「申し遅れました。私、増田祥子です。千葉で中学の教員をしています。ちなみに独身です」

と小さな名刺を差し出した。ユーモアを入れながらも澱みのない自己紹介であった。

「リタイアして名刺は持ちませんが、窪正雄です」と正雄が言うと、「どんな字？」と聞いてきたので、漢字を教えてこれに応えた。

「旧番所跡」という、かつてはこの古道で人の往来を管理していた場所まで二人は戻った。今は門が残されているだけだが、先ほど正雄はここを潜って歩いてきた。

祥子は「お腹空きません？　コンビニのお寿司ですが、どうぞ」と草むらに座ってリュックから取り出して勧めた。恐縮しながらも正雄はこの厚意に応じて稲荷と海苔巻きを一個ずつ口にした。

「ところで増田さん、曽良とこの神社はどんな関係があるのですか?」

「亡くなったはずの曽良が三年間、神社内の洞窟で暮らしていたとする有力な説が発表されました。昭和十三年(一九三八)のことです。当時はかなりの論争になったようです。しかも発表された文献の根拠となったのは曽良の知り合いが書いた紀行文で、これも新しく発見されたものだったのです。……三百年も前のことですし、窪さん、こんな話はつまらないでしょう」

そう言われてみると曽良についてなど、正雄には全く知識がなく、答えようがなかった。だが興味がないわけではなく、職を退いてから、時々近くの寺や神社を散策しながら、石碑に刻まれた古い詩歌などに目を通し、その由来を町の図書館で調べることもしていた。また関連した文献の収集も始めたばかりであった。

「俳句を小学生の頃から地区の文芸誌などに投稿しましたよ。選ばれたことはあまりありませんでした。同級生の女の子が特選になった句は今でも覚えています。余程悔しかったのか、嫌な性格ですね」

「いや、窪さんそれは素晴らしいことです。敗北して対抗心が湧かなかったら進歩につながりません。ごめんなさい。生意気なことを言ってしまいました」

教育者らしい表現だ。背負った子に道を教えられたとはこのことだ。世辞とは言え、正雄は悪い気はしなかった。

「曽良榛名生存説を解説した本を最近読んだのですが、その作者がここに調査に訪れて参道の茶店で洞窟などの在《あ》り処《か》を聞いたと書かれていました。これも推測ですが、たぶんあの辺りに二、三軒見えるお店かもしれません。来る時に本殿への参道で見当はつけておいたのですが」

祥子は本殿を少し下ったところに見える店舗らしき小さな建物を指さした。

「ではそこで確かめたらどうですか？」と勧めたものの、周りを見渡せば、岩山に囲われているので、洞窟らしきものは無数に存在する気がした。

本殿を右手に参道を戻ると二軒の屋根続きの店があった。その一軒目の女性店員が「たぶんあの店だと思います」とさらに坂を少し下った店を教えてくれた。

「調査に訪れた方は店から見えた洞窟を案内されたと書かれていました」

「するとそこから洞窟が見えることになりますね」

教えられた店に着くと二人は左右の岩場に目をやったが、それらしいものは見えなかった。草や藪に隠れているのかもしれない。

店には地元の梅を加工した菓子や饅頭、そして神社の名入りのお守りなども陳列されていた。また軽い食事のメニューもあったので、とりあえずコーヒーを注文して一息入れた。暫くすると先ほど注文をとった店員よりも年配の女性がカップを運んできた。女主人なのだろう。落ち着いた物腰で「親子で参拝ですか、きっとご利益がありますよ」と満面の笑みを漏らした。「いや」と正雄が否定しようとすると、祥子は眼を瞑り小さく首を振った。それが黙っていろとの合図にとれたので言葉をのんでしまった。

「実は曽良の洞窟のことで……」と祥子が切り出すと、その女性は「暫くぶりに曽良を尋ねた人が来ました」とうなずきながら祥子から言葉をとってしまったので、二人は黙って話を聞くことにした。

「もう十年以上も前になりますが、大学の先生が若い人を二、三人連れて店に来ました。そしていきなり洞窟は、と聞かれたので私の知っている洞窟を教えると、そこを目指して登っていったのですがしばらくして戻ってきて、『ちょっと無理だな』と言って帰ってしまいました。たぶん草藪や野ばらの蔓に遮られたのでしょう」

と一区切りすると、女主人は奥に引っ込んで熱い茶を持ってきた。

「翌年の夏、また何人かでやって来ましてね、今度は装備も整えてきたのでしょう。たどり着いて充分に洞窟の内部まで観察してきたと、満足して帰りましたよ」

と言ってまた奥へ行くと一冊の本を抱えてきた。「しばらくしてその先生がこの本を送ってきました」と見せてくれた。

厚い単行本で「『謎の旅人　曽良』村松友次著」と題名と著者名があった。正雄は本を手に取り目次に目を通した。曽良の生い立ちから始まり、「奥の細道」随行をはじめとした芭蕉との関わりや幕府の巡見使としての仕事などが網羅されていた。そして最終章あたりに曽良の榛名生存説がまとめられているようであった。

丁重に礼を述べて店を辞した。店には一時間以上もいたことになる。

正雄は神社で祥子と偶然出会い、時もそんなに経ていないのにミステリアスな曽良の行動に引き込まれている自分に気がついた。無論、祥子の存在がなければ成り立たなかっただろうが。

店を出て正面の朝日岳と呼ばれる岩山の一角にその洞窟があるというので、二人で目を凝らして探してみたが、きつい傾斜地には灌木や丈のある草が生えていてなかなか見つからなかった。するといつの間にか女主人が後ろに立ち、

「ほら、右手の小さな杉の木の上に岩が少し突き出たところがあるでしょう。あそこの下

に洞窟はあるの。冬になればここからもよく見えますよ」

と丁寧に教えてくれた。

再び礼を述べて帰路につくため参道を歩き始めた。

「窪さん、私の趣味に巻き込んでしまわれて後悔していませんか」

と祥子は申し訳なさそうな顔をした。

「大分道草を食ってしまいました。いや冗談、好奇心が奮起されましたよ。こちらこそ役立たずで、お荷物になって申し訳ありませんでした」

とお互いを庇った言葉がおかしくて二人で笑ってしまった。


「これからどうしますか？」

「今日は学校が創立記念日で休みだったので出掛けてきました。でも休みは一日だけ、お蔭様で大分収穫があったので帰ります」

バス停で時刻を見ると二時間に一本しか運行されておらず、ウィークデイの今日はさらに運転本数は少なかった。

「よかったら駅まで送りますよ」と誘うと、遠慮したのか少しためらったが「お願いします」と頭を下げた。

高崎駅までの四十分間余りはとりとめのない話題に終始したが、正雄は久しぶりに楽しい時間を過ごした。まるで若い時の好きな女性とのドライブをしたような気分であった。祥子は年齢差を意識しないように接してくれた。

駅に近づいた時、祥子は、

「曽良は信州で生まれていますよ。上諏訪というところです。窪さんが住んでる県です。それから売店のご主人が見せてくれた本を私は読んでいますが、曽良についての出発点になるかもしれません」

祥子には今は長野の軽井沢に住んでいると伝えてあった。

「碓氷峠を越えると軽井沢、峠は中山道の要衝の地で多くの文人、墨客が行き来していました。今度案内してくださいね」

後の言葉は本心なのか、儀礼なのか窺い知れなかった。今日限りで会うことはないだろうと思っていただけに、たとえ儀礼でも光明が少し射した気がした。でも待て、年齢差を考えろ、と心の半分は否定的であった。

――いや、艶っぽい男と女の関係ではない。祥子と会って話ができればそれだけできっと楽しいに違いない。

そう正雄は言い聞かせた。

駅に着くと、正雄は「これ伊香保の温泉饅頭、よかったら食べて」と今朝、宿で手に入れた二箱の一つを差し出した。祥子は「いただきます」と素直に受け取った。そして右手を差し出して別れの握手を求めてきた。少々気恥ずかしかったが、軽く握り返した。祥子の手は少し冷たかった。だが柔らかい感触が残った。祥子は振り返らずにさっさと駅構内に消えていった。

2

祥子と榛名神社で出会って二週間後、『謎の旅人　曽良』は通販で手に入れた。早速後段の榛名神社での曽良に纏わる章に目を通すと、芭蕉との関係、足跡、没したのは何処かなど、表題の通り謎多い人物として描かれていた。

この本で得た曽良の概況をまとめてみた。

曽良は慶安二年（一六四九）、信州の上諏訪に生まれた。幼名は高野与左衛門で、幼き時に養子に行き岩波庄右衛門正字を名乗った。その後、三重の長島藩に仕官して、河合惣五郎と名前を変えて武士になっている。三十代になると江戸に移り、芭蕉と出会い知遇を得た。また神道を学ぶとともに、『古事記』『日本書紀』『万葉集』などで教養を蓄えていった。そして『奥の細道』で芭蕉に随行して半年間も行脚している。芭蕉の死後は幕府の巡見使の一人として九州各藩の実情調査に派遣された。宝永七年三月（一七一〇）に江戸を発ち、同年五月二十二日に派遣先の壱岐または対馬で亡くなったとされていた。

この通説を「曽良榛名生存説」は覆すものであり、正雄が手に入れた本はこれに沿った内容で比較的最近出版されたものであった。

三百年も前の一俳人の足跡を追って意味があるのか、という自問もないではなかった。だが、一人で山を探し回り汗する祥子の姿が瞼に浮かんだ。

——祥子に比して自分はライフワークと言えるものが一つでもあるのだろうか。リタイアして日々ただ流れる時間に任せているだけではないか。先はそんなに長くはない。ならばどこまで追えるかということは別にして、〝曽良〟をロマンとして少し追い求めてみよう。

それが正雄の出した結論となった。

六月も中旬になり梅雨入りしたものの、晴天の日が続いていた。

家から群馬側に出ると、車の窓から湿気を含んだ生暖かい風が入ってきた。窓を閉めてエアコンを入れた。

自宅から約一時間走ると北軽井沢の山々を水源とする烏川に出た。橋を渡ると間もなく左側に大きな建屋が見えた。これが元榛名町の役場であろう。十年前に榛名町は高崎市に合併吸収されていた。今は高崎市の支庁として運営されている。

支庁に並んでこの敷地内に目的の図書館があるはずだ。探すまでもなくその建物は隣に並んでいた。玄関に立つと、ここは多目的に使用されているらしく日曜日とあってフロアは家族連れで賑やかであった。イベントでもあるのだろう。案内表示を見ると図書館は二階にあるようだ。

今日、正雄がここを訪れた目的は、地元が「曽良榛名生存説」をどのように見ているのか知ることであった。それには町誌などを閲覧して痕跡を探すことだ。「曽良榛名生存説」が論争になって、研究者などがこの地を訪れているならば、当然、地元は何らかの対処をしたはずであろうと、正雄は考えたのだ。

ワンフロアの室内は明るく、フロントには女性の司書が二人いて仕事をしていた。見渡すと利用者は二十人ほどいるようだ。休みとあって子供たちなども交じっている。

フロントに直行して尋ねると、

「曽良の関係でしたら、町誌の最終巻である第八巻の通史というところに書かれていると思いますよ。ようやく平成十二年（二〇〇〇）に終刊しました。ちょっとお待ちください」

と言って素早く持って来てくれた。

分厚い黒表紙には『榛名町誌　通史編　下巻　近世・近代現代』とあった。さらに、目次を指示して、「この章を見ていただければ」と親切に対応してくれた。

曽良と言っただけでこの反応、正雄以外にも既にここを訪れた人がいる証拠だ。それに曽良の榛名生存説は町でもある程度話題になっているとも言える。正雄は自分の思いが的中したため、鼓動が高まるのを感じた。

町誌を抱えて気持ちを抑えながら、北側の空いているデスクに腰かけた。ふと窓の外に目をやると緑濃い榛名の山々が近くに迫って見えた。

ページをめくると、意外だったのは、「第四節　文化の俳諧」欄には載せられていなかったことである。一方、小林一茶が残した『草津道の記』という紀行文はここに挿入されていて、一茶が榛名神社を参拝した前後のことも詳しく解説されていた。

――なぜだろうか。

正雄は疑問に思ったが、曽良が榛名に生存していたことが確定できていないからかもしれないと漠然と感じた。

曽良の件は紀行文の一項に並河誠所著『伊香保道記』として、五ページにわたり詳しく書かれていた。読み進むにつれて、筆者がかなり力を注いだ跡が見られた。

並河誠所（一六六八～一七三八）という徳川中期の儒学者が、正徳六年（一七一六）に知り合いの地理学者関祖衡（不詳）を伴い、伊香保を訪れて榛名神社まで足を延ばした。その時に境内で二人の知友である白髪の老翁と遭遇した。この老翁は芭蕉と連れだって旅に出た人である。老翁は二人に白い石を焼いて馳走してくれて忽然と姿をくらませてしまった。

並河誠所はこれを『伊香保道記』という紀行文に残したが、世に出たのは昭和十三年（一九三八）「文学」四月号の渡邊徹氏の論文である。大学教授の渡邊徹氏の四〇ページにわたるこの論文では、白髪の老翁こそ曽良の可能性が大きいというのである。当然、曽良の研究者などの間では大論争になった。なぜなら、曽良は宝永七年（一七一〇）に長崎の壱岐か対馬で亡くなっていたことが通説であったからである。つまり、六年前に死んだ曽良は榛名に存在しないのである。誕生の地上諏訪と、死んだとされる壱岐にも墓石があるが、宝永七年（一七一〇）五月二十二日没と共通の日付が刻まれているのだ。

町誌の編者は曽良の各研究者の言い分も載せているが、曽良榛名生存の可能性については半分くらいという立場をとっているように見えた。読み終えてから正雄はそう感じた。

また隣町の町誌が同じ本棚にあったので念のためにこの件を探してみた。だが『伊香保道記』に触れているものの、「曽良榛名生存説」は奇聞として短く記載されているに過ぎなかった。

正雄はもう少しじっくりと読み解こうと、町誌の曽良の部分をコピーしてもらった。

既に時計は四時を回っていた。いつの間にか、三時間も図書館で過ごしてしまったのだ。

本を棚に戻そうとしたが、この項の編者が誰なのか確認しておこうと、再び机に戻った。

この巻だけで一〇〇〇ページに及んでいるだけに執筆者は各分担して十数人を数えた。「曽良榛名生存説」に関わったのは「文化」を担当した吉沢八郎という人であった。「文化」は榛名地区に関係する和歌、俳句、紀行文などが主に解説されていた。

本棚に戻すつもりでフロントの前まで行った正雄は、思わず担当の女性に「この筆者の吉沢さんの電話番号を教えてください」と言ってしまった。後日にでもこの筆者に会って直接話が聞けたらと思ったからである。女性は「ちょっとお待ちください」と言ってすぐに小太りの中年の男性を連れてきた。男性は図書館の責任者らしい。

「申し訳ありません、個人情報なのでちょっとそれは……」

と言葉を濁した。正雄は仕方ない、他の手段を後日にでも考えようと思い踵を返すと、

「家なら教えることができますが」

とその男性が思わぬ言葉をかけてきた。家の場所を明らかにすることは個人情報に抵触はしないのか、と、ふと疑問に感じたが、その言葉に甘えることにした。

男性は正雄が座っていた窓際まで行き、小高い傾斜地にある瓦葺の家を教えてくれた。そこまでは車なら僅かな距離だ。

「電話もせずにいきなり訪ねて失礼にならないですか」

と正雄は男性の反応を見た。すると、

「いや、あの人なら快く受け入れてくれますよ」

と自信ありげな答えが返ってきた。そして、「いや、実は親戚なんですよ」と笑っていた。

図書館で、曽良と思われる人物の榛名神社でのいきさつ、一定の検証がされた文章を町誌に見出したこと、これだけでも今日は大きな収穫を得た。そしてなおもその筆者に会える段取りが見えてきたことは非常に幸運なことだと正雄は思った。

図書館の係員たちに礼の挨拶をして一階のロビーに下り、自販機で茶を購入し一息入れた。外を覗くと夏日であり、五時近くになっても明るく日が射していた。

これから吉沢宅を突然訪問することは失礼にはならないか、いや、ここまで来たのだから行き着くところまでいってしまおうか、と、茶を含みながらしばし悩んだ。

結局、ハンドルを係員が教えてくれた方向を目指して切っていた。

吉沢の家は道路に面していてすぐに見つけることができた。古い二階家で玄関前には大きな壺に季節の花が飾られていた。右手には桜の古木が道路にはみ出すように立っていた。桜の根元には小さな祠が祀られていた。

インターホンを押すと、家の中からではなく右手の庭から年配の女性が顔を出した。吉沢の妻だろう。突然の訪問の非礼を詫びると、玄関から入るように促された。やがて吉沢が現れた。開口一番、「曽良榛名生存説を唱える五人目の人が来ましたね」と笑顔で迎えてくれた。

研究者に間違えられて恐縮した正雄はこれを否定して、好奇心で少し曽良を調べていることを伝えた。吉沢は正雄よりも年上で八十歳に近いくらいに見えた。正雄は吉沢から曽良について町誌がかなりのスペースを割いて触れていることと、執筆した当人に意見を聞きたいだけであると初めにことわった。

図書館で聞いた通り吉沢夫妻は穏やかに応対してくれた。また曽良に関係する文献などもいくつも見せてくれた。

吉沢は十年前に榛名町役場で定年を迎えたが、折しも町誌を発刊することが決まり、これを編纂する責任者として残るように町当局から懇願され、榛名神社にある町の歴史資料館の館長の任を続けながらこれに関わってきた。しかし昨年ようやく町誌全巻ができあがり、仕事を離れたという。

吉沢が曽良に関わった経緯についても語ってくれた。

曽良研究者は複数いたが、その一人で横浜商科大学教授の岡田喜秋氏が平成二年（一九九〇）前後に資料館を訪れた。そして洞窟の在り処と「誠所と祖衡に曽良とされる老翁が焼いてくれた白い石とは何か」と尋ねたらしい（岡田氏はその翌年『旅人・曾良と芭蕉』を著している)。吉沢はその時初めて曽良と榛名神社にまつわる説を聞いて大いに興味を持ち、これをきっかけとして、岡田氏からもらった資料などを基にして、文献なども積極的に集めて研究を重ねてきた。

その後しばらくしてから、『謎の旅人　曽良』の著者である東洋大学名誉教授の村松友次氏が吉沢のいる資料館を訪れた。曽良研究者二人目である。村松氏も洞窟の在り処と白い石は何かについて興味を示しているようであった。洞窟については二度来て茶店の女主人の案内を聞くなどして、連れてきた学生を伴って念入りに調査し、確信を持ったという。ただ岡田氏と異なったのは白い石のことである。岡田氏は白い石は「ホド芋」であるとほぼ断定したが、村松氏は「天狗餅」としている。これについても吉沢が関わっていて、岡田氏にはホド芋は山芋と同様、蔓性の植物で根を食し、榛名地区ではこれを食する習慣があったと話している。

村松氏は資料館に展示してあった天狗餅に興味を示して吉沢がこの説明をしている。村松氏はこれを聞き、白い石はこれに違いないとして著書に書いた。天狗餅とはもち米に小豆を入れて餅にした物で、節分に境内で撒かれる縁起物であり、修験者の保存食でもあった。

話が進むにつれて正雄は知識不足を感じてしまい辞すことにした。興味が尽きないし、聞きたいことはまだあった。しかし時間との兼ね合いもある。知識を深めてから出直してこようと思った。もう一度非礼を詫びて腰を上げた。

吉沢夫妻は玄関外まで送ってくれた。その時、吉沢は「ちょっと待ってください」と言って庭の方へ行ったが、間もなく手に何かを持って戻った。新聞紙を広げて、正雄に「これが先ほど話したホド芋です」と見せてくれた。ホド芋を聞くのも見るのも初めてであった。長さは一五センチほどあろうか、サツマ芋より細身で、薄い褐色の二つの実が蔓で繋がっていた。

「実はこれはアピオスという洋種で、古来種であるホド芋は私も残念ながら見ていません。昔焼いたのを食べた人がいて、美味しかったとは聞いたことはあります。たぶんこの辺りにも自生しているでしょうが、窪さんも近くの山で探してみてください。それからこの実を育ててください」

吉沢から渡されたアピオスを車に積み込み帰路についた。

3

祥子から便りがあったのは七月上旬であった。妻には祥子に出会ったことは伝えてあった。小包には「曽良榛名生存説」を世に初めて発表した日大教授の渡邊徹氏の『曽良伝存疑』の論文が入っていた。榛名の図書館で見た町誌もここから抜粋されていた。

添えられた手紙には古い資料で読みづらいところもあるが貴重な史料なので参考にしてほしいと書かれていた。また榛名での礼も付け加えてあった。

妻に手紙を見せると「綺麗な字ね」と言っただけであった。内心複雑なところがあるのかもしれない。

昭和十三年（一九三八）「文学」四月号に掲載されたこの論文は、実に四〇ページにわたり詳細に分析がされていた。祥子がどこでこれを手に入れたのか、八十年も前に出版された「文学」のバックナンバーにたどり着くのは容易なことではない。古書店などを探してもなかなか難しいだろう。

正雄は直ちに論文を開いてみた。

冒頭でまず渡邊氏は並河誠所の『伊香保道記』発見に至った経緯を述べている。

渡邊氏は別の研究で関祖衡を知るために友人の誠所の調査をした。この人物像を追って京都の大学に行ったところ、たまたま『伊香保道記』という誠所の紀行文を発見した。読み進めたところ、榛名神社で祖衡と誠所が出会った老翁のことが書かれていた。渡邊氏はこの老翁は曽良ではないかと直感した。しかし二人が榛名で老翁と出会った時には曽良は既に亡くなっている。そこで一旦結論を保留して、この紀行文を精査してみたが、虚偽の記述は見られない。また、渡邊氏はその後すぐに二回、伊香保から榛名神社まで案内を伴い歩いて調査して場所の特定なども行っている。

さらに芭蕉に随行した弟子についても六つの紀行文から割り出す作業を進めた。

一、『野晒紀行』は千里
二、『鹿島紀行』は曽良と宗波
三、『芳野紀行』は越人と杜國
四、『更科紀行』は越人
五、『奥の細道』は曽良
六、『嵯峨日記』では随行なし

これで随行員は千里・曽良・宗波・越人・杜國の五名に絞った。さらにこの五名を死亡時期、存在地などを加味して消去法によって検討を加えた結果、曽良の可能性が大となったとしている。

では、壱岐の勝本で六年前に曽良が亡くなったとされていることとの矛盾点はどうなのか。これについては最後に、墓石に彫られている没日は信用できない。後から推測で特定して建てられたのではないかと結んでいる。

正雄はこの論文の趣旨を理解するのに数日かかった。挿入されている江戸期の文章は難解で、今でも苦慮して読み進めている。

いずれにしても渡邊氏の論文が「曽良榛名生存説」や岡田氏、村松氏の本の基礎となっていることは間違いないと思った。

二度目に吉沢宅を訪れたのは七月中旬であった。先日、突然訪問したことを改めて詫びるためで、ちょっとした手土産も用意した。

予め電話で了解はとってあったが、その時に吉沢から「榛名神社を案内しましょうか」と思いもかけない言葉が出たので、今回は内心では大いに期待していた。祥子と榛名神社で出会った時とは違った目で事物が捉えられるし、曽良存続説の深度化が図られるに違いないと考えていたからだ。

そのため吉沢は外出用の支度をして玄関に現れた。手土産は玄関で夫人に渡し、早速、榛名神社へと車を進めた。途中、所々で神社ゆかりの場所などの説明を受けたので到着まで三〇分くらいかかった。

吉沢は宿坊と名の付いた店舗の一つに車を入れるように指示した。今も宿坊は十数軒残されているが名のみで、宿泊の営業は法律で規制されて施設を改修しなければできず、参拝者に蕎麦や飲食物を提供していると、吉沢から説明があった。吉沢は参道入り口にある資料館や町役場に長く勤めていたため、この辺りは誰でも知り合いらしい。ずかずかとある店に入って行ったが生憎留守らしく、間もなく戻り、車はここに止めておくように言った。

昼食はあらかじめ「名物の蕎麦でも食べましょう」と正雄からリクエストしておいた。

吉沢に案内されて参道から少し離れた高台にある、やはり宿坊の名がつく店で昼食をとった。店の者とも親しく話している。食べた後、店の中に祀られている祭壇などの説明を受けた。〇〇坊の由来は神仏習合時代、つまり神と仏が一緒に祀られていた時の名残である。神社は江戸時代が最盛期で、社家の中には七十四軒の宿坊があったという。一茶が著した『草津道の記』では、江戸を発って草津温泉の知人を訪ねてから故郷の信州柏原に帰る時にここに立ち寄り、宿坊に泊まろうとした。しかし素性の知れない者として怪しまれ断られたというエピソードが載っている。徳川菩提寺上野寛永寺の管下にあったというから格式も備わっていたのだろう。吉沢は興味を引く知識を次々と話してくれた。

祥子と見上げた洞窟辺りまで来ると、吉沢は急斜面を足取り軽く登り始めた。道などはなく、それでも最近、雑草は刈りはらったばかりに見える。正雄も後を追った。

「あの辺りに洞窟はあります。まあ、住めないこともありませんが……曽良が修験者であれば、可能性はあります」

洞窟まで半分の距離まで来て立ち止まると吉沢は言った。まだ洞窟は覗けなかったが、かすかに上部の窪みがそこから見えた。

「私も何度か洞窟を見には行きましたが、我々凡人には住むのはちょっと無理ですね」

過酷な状況に追い込むのが修行であろう。その結果、煩悩と言われるものを断ち切ることを目指すのは容易なことではないだろう。

正雄は周りの峻険な岩場を見渡しながら、吉沢が言ったことは本音であろうと思った。

二人は洞窟までは登らずに途中で引き返して参道に戻り、本殿に向かった。

「あそこにも弥陀窟という洞窟がありますよ」

吉沢は本殿の真向かいの岩場を指した。

「大きめの洞ですが奥行がないので、住居よりも本殿を見下ろす場所として使用された可能性があります。それよりも窪さん、本殿の奥に御内陣と呼ばれるところがあります。奥殿ですね。本殿の背後にくっついているのが御姿岩で、その下部の洞に祀られています。しかしここは誰も立ち入ることができません」

高さは三〇メートルほどあろうか、頭部と見まがう岩の塊が社側に傾いていた。角度によっては仏が立つ姿に見えなくもない。「御姿」と名付けた所以だろう。祥子と出会う前に参拝したが危険を感じたところだ。

「そのお堂は今でも誰も覗くことはできません。たとえ神官でも禁止されています。今でも不文律な掟として守られています。だから何が安置されているかわかりません」

吉沢はちょっと意味深な表情で言ったので何かあるなと思い、正雄は黙っていた。

「実は明治三年（一八七〇）に政府の役人が神仏分離令発布の後、榛名神社に視察に来ましたが、その時、強引に奥殿に入ったらしいです。この神社も神仏混交でしたから、壊されてはたまらない、残すためには地元の者も役人に物申すことはできなかったのでしょう。なにしろあの有名な奈良の興福寺も当時、薪として二束三文で売りに出されたと聞きます」

吉沢は持参したカバンから一枚の紙片を取り出して正雄に見せた。

「これが奥殿にあったそうです」

そこには壺らしきものが六個描かれていて、いずれも高さは一尺（約三〇センチ）前後とされ、サイズが細かく記されていた。

「吉沢さん、これは何を意味するのでしょうか。それとこの中には何が入っていたのでしょうか」

「いや、わかりません。お金でも入っていたかもしれませんよ」

吉沢はそれ以上何も言わなかった。

吉沢がこの壺の絵図を手にしたいきさつや、なぜここに置かれていたのかなど、謎は深まるばかりであった。しかし、これ以上の答えが出そうもないので、正雄は諦めざるを得なかった。

後日、奥殿に何が存在しているのか、正雄は吉沢からもらった資料の一つ『榛名山志』

を念入りに当たり、『榛名町誌』で次の記述を発見した。

「〈御姿岩〈奥殿の洞がある岩〉の洞窟には〉常に冷風があって、湿気は戸張をひたすといい、その入口には足跡がひとつあり、それは権現の足跡で、神足石といわれていて、そこにはあざやかな理文がついているという。神扉のなかにもひとつあるというが、みた人はいないという」

つまり、公式な見解では誰もそこを見ていないことになっていたのだ。吉沢が持っていた絵図は謎の一文としか言いようがないのである。

吉沢は社殿から離れて右手に下って歩き始めた。以前、正雄が来た時に見つけて通ったところだ。吉沢は参道に合流すると「窪さん、最後にいいところに案内しましょう」と正雄が祥子に出会った古道を上り始めた。

二十分も歩むとダムの上にたどり着いた。ダムは砂で埋まっていて水は蓄えられてはいなかったが、ここにも三〇～四〇メートルある奇岩が川辺に立っていた。「つづら岩」と表示されている。

清流が音もなく流れ、岸辺には水草などが生い茂り、野鳥の鳴く声以外聞こえてくるのは風が木々の葉を揺らす小さなざわめきくらいであった。そして傍らに立つ「つづら岩」との対比が異様なコントラストを醸し出している。参拝者もここまで足を延ばさないだろう。

「どうですか、窪さん、境内と違う雰囲気が漂っているでしょう」

正雄も黙って頷いた。

「実は五月の初めだったと記憶しますが、ここで一人の女性と遭遇しましてね。あの岩の下辺りに立っていました。びっくりしましてね。私は山菜採りのついでに榛名湖に至る天神峠まで足を延ばすつもりでここまで来たのですが、いよいよ何かの化身が現れたと思いました。この辺りは奇怪なことや異事の伝説が数多く伝えられていましてね」

持参した飲料水を口にして一息入れると、吉沢はなおも続けた。

「確か町誌にも書かれていますが、鶏や馬、牛、犬などの鳴き声が聞こえたり、管弦歌舞の音を聞いたり、老人、小児、僧侶などの姿を見たり、突然暗くなったとか、まだ多くの奇怪な現象があったと伝えられていましてね、まあ、今時信じる人はいませんが、私も子供の頃は一人でこの辺を歩けませんでした。……しかし冷静になれば、ただの女性だったのですが、なんでもこの辺りは最もパワーを感じるとか言っていました。『ある植物を探している』と……それがホド芋だったのですよ」

正雄は吉沢がここで女性に遭遇したという話が出た時、漠然とそれは祥子ではないかと感じていた。それが今のホド芋の件でさらに深まった。とすると、祥子は正雄と出会った時が榛名神社訪問は初めてではなかったのだ。

「吉沢さん、もしかしてその女性は四十歳くらいで目がクリクリしている快活な人ではなかったですか？」

「ええ、そんな感じでした。何か心当たりでも、窪さん」

「いいえ……」

正雄は言葉を濁して答えなかった。吉沢はちょっと怪訝な表情を見せた。

「それでホド芋は見つかりましたか」と正雄は話題を意図的に変えた。

「この辺りの山地にも自生していると思いますが、前にも話した通り、私は実物を見たことがありません。昔、炭焼きの息子から、親がおやつで焼いて食べさせてくれた、と聞いたことはあります。まあ、たとえここらに生えていても、五月では蔓が芽を出したばかりでわかりづらいと思いますよ。その女性にそう言ってやりましたがね」

「それでその女性は？」

「『ではもう少し探してみます』と言って山を登っていきました」

それが祥子とすれば、あの時に正雄になぜ以前にもここを訪れていたことを話さなかったのだろうか。

「それにしてもホド芋探しとは珍しいことで、学者さんかもしれません」と吉沢はなおも続けた。

「その後、私も山草などを摘みながらこの道を辿ったのですが、女性とは会いませんでした。きっと伊香保方面へ抜けたのでしょう。一人でこんな山を歩くのは物騒なので、気をつけなさいとは注意しておきましたがね」

正雄は祥子との関わりは吉沢には言わなかった。なぜなら、その女性が祥子だとは断定はできないし、たとえ祥子だとしても黙っていようと思った。


吉沢の家に戻ると、夫人は熱い茶と名物の梅を加工した茶菓子で迎えてくれた。茶を飲みながら談笑していると、吉沢は奥から一枚の紙を持ってきた。

「私が曽良榛名生存説に今ひとつ踏み切れないのはこれが原因なのです」

古い書物からのコピーなのだろう、明瞭なものではなかったが読み取れた。見ると次のように書かれていた。

慶長十九年九月徳川家康榛名山法度写

法度

一、上野国群馬郡天台宗榛名山厳殿寺、天下安全御祈祷、毎日之護摩、毎月之祭礼、不可致退転事

一、山中住居之者可守学頭別当下知事、付二王門之内不可置妻帯

一、堂塔社頭坊舎造営之外竹木可伐、但住山之者薪取事不可有異儀事

右堅可守比旨者也

権現様御墨印

正雄はおおよそ理解したが、吉沢の説明を待った。

「慶長十九年（一六一四）は翌年の夏の陣を待たずに豊臣氏が滅亡し、家康が権力を握った時です。家康は武力では全国制覇を果たしたが、人の心を支配している神仏にも素早く手を加えたわけです。以降三百年に亘って世の中を支配した所以ですね」

「それでこの文章と曽良伝との関連はどのあたりにあるのですか」

正雄は答えを求めた。

「この家康の命令に基づいて地元ではさらに細かく法度を定めていきました。だから境内では自由に過ごすことはできません。曽良と目される老翁が洞窟に住み、祖衡や誠所に白い石を焼いて食べさせたこと、鍬を担いでいたことなど、つまり境内では勝手に住むこと、火を使うこと、耕作することは厳しく取り締まられていたということです」

「つまり、余程の事情がない限り境内には無宿者などは存在できないというわけですね」

吉沢の言うことは間違いないだろう。だが、誠所の『伊香保道記』をすべて否定してしまっていいのだろうか。吉沢は町誌でもそれを指摘している。余程の事情、つまり曽良が榛名神社に存在できる条件は何かを明らかにする必要もあるだろう。

それについて、村松氏は曽良が巡見使であったことに触れて、幕府とつながりがあったのだから特別の許可が得られたのではないかと推測している。

吉沢も町誌にそれを載せて締めくくっている。

家に戻ると祥子から二通目の手紙が届いていた。妻は笑いながら「ラブレターが来たわよ」と手渡してくれたが、何か引っかかりが少し見えた。

便せん三枚にわたる手紙であった。

曽良の進展はどうですか。榛名の社で二人の学者が出会ったのは曽良なのかどうかという結論は、私たちの時代では出ないかもしれませんね。このようなことを言うと窪さんに水をさすかもしれません。

八十年も前に仮説が出て論争が始まりましたが、今はその人たちもほとんど亡くなってしまいました。並河誠所が『伊香保道記』で
①老翁とは二十年前の知り合い
②芭蕉翁という僧を伴って歌枕を見ようと出て行った人
などと抽象的な書き方をしないで「曽良」とすれば騒ぎにならなかったのに。でもあの時代はこのような表現が当たり前だったのかもしれません。和歌や紀行文などにも多く見られます。俤付けとか言って、読み解く人になんであるかを連想させてお互いに楽しんだのでしょう。教養や知識、それに推理する力が試されたのでしょうね。

とは言え私たちにロマンを与えてくれたのは事実です。それにこうして窪さんと出会うことができました（笑）感謝しなければなりません（拝）
夏休み本当に碓氷峠に行きますよ。
高崎駅でのこと忘れていませんよね。案内お願いします。
たぶん友人も一人同行すると思いますので、老体（？）に鞭打って頑張ってください。予定は八月一日ですがよかったら返事おねがいします。

それから「曽良榛名生存説」が発表された翌月に反論が出されています。手に入ったので同封します。ご意見聞かせてください。

それでは　曽良追い人さんへ

祥子

また手紙は妻にも見せた。妻には「いい恋人ができてよかったですね」と茶化された。もし祥子が碓氷峠に来るようなことがあったら同行してほしいと切り出すと、妻はあっさりと承諾した。正雄はホッと胸を撫で下ろした。

反論は昭和十三年（一九三八）五月に出版された長野県の地元誌『信濃』に掲載されたもので、曽良の研究者の一人、等々力鎌一氏が執筆している。祥子はその本文三ページをコピーして送ってくれた。

等々力氏は、

・曽良は巡見使として壱岐には行っていない、個人で行った

・壱岐で死亡している
・曽良は白髪ではなくでっぷりとしたタイプであり、動脈硬化を起こしやすい体質、
　死因は中風と聞く
・多数の蕉門の中で榛名にいたとされる人物が曽良とは断定できない

と、全体として渡邊氏の説に否定的である。この反論は文語体交じりでわかりづらい箇所もあったが、一気に読んでしまった。正雄は内容よりも筆者の熱い語り口が印象に残った。等々力氏は長年、曽良に携わってきたらしい。この文はどうやら病床の身で必死に書いたことがうかがわれて、曽良に注いだ思いがひしひしと伝わってきた。

それは本文にあるが「曽良が巡見使の一行から逃避したとは考えにくい、そのような稟性をもたない。良心的でずっと潔癖であった」と述べていることからもうかがえる。つまり、渡邊氏の「曽良伝存疑」に展開する「曽良は巡見使が窮屈であり、死んだとされる日に工作して壱岐から逃避したのではないか、そして榛名に……」の否定である。

だが渡邊氏も新説を発表する前に、同僚で榛名町久留馬村出身の日大教授島方泰助氏（一九〇一〜一九六二）の案内で、二日かけて伊香保から榛名神社を隈なく歩き、裏付けをとっている。

こうなると激しい論戦、資料の吟味と、曽良の足跡を熱い思いで追い求めてきた先人たちに敬意を表すこと以外にないではないか。軽はずみな結論は出すべきではない、と正雄は思った。

祥子の考えも聞いてみたい。すぐに初めて祥子宛に手紙を書いた。また碓氷峠の日程は了解であることと、新幹線で軽井沢駅に着いてから峠へのバスのアクセス時間も付け加えておいた。

一週間ほどで祥子から返事があった。

「謎」が曽良入門のきっかけになったのは窪さんだけではありません。私もその一人。たぶんそれをきっかけとした人はたくさんいると思います。そして行き着く先は窪さんの今に……。

私はそこで曽良の故郷の人たちはどんな思いなのか知る必要があると、上諏訪に行ってみました。さすがに地元、曽良は今でも翁と呼ばれて慕われていて研究会も開かれているようです。句を学ぶ人も多くいると聞きました。

私が最も印象に残ったのは曽良の没した場所にはあまりこだわっていないことです。「曽良榛名生存説」が出た当初の大きな反応と比べて冷静に推移しているのかなと感じました。

というのは数年前の曽良生誕三百五十周年記念に、新説に基づく最近の曽良研究の著作者を招いて講演を受けるなど、様々な意見を吸収しようとしています。地元の研究者も一説として受け入れているのです。

窪さん、曽良の行動の行方も興味が尽きないとは思いますが、そんなに焦らず、曽良の作品や、他の俳人たちにも近づいてみてはいかがですか。老婆心（？）なにしろ曽良は今でも「謎の人」なのですから。

追伸

碓氷峠の件、了解いただきありがとうございます。日程通りに行きます。同行の友達共々よろしくお願いいたします。

祥子

4

妻は朝早くから昨夜仕込んでおいた油揚げなど使って、せっせと弁当など作っていた。二人の子供も既に独立して他の県で所帯を持っている。弁当など持って出かけることなど久しぶりなのだ。まして祥子たちが同行することは子供と遊びに行く思いなのだろう。

午前十時半に到着する祥子たちを迎えに二人で駅に行った。祥子たちはほぼ定刻に改札口に現れた。二人とも登山姿に身を包み、リュックを肩にかけていた。祥子はあの時の笑顔で歩いてきた。正雄は素直に祥子との再会が嬉しかった。

連れの女性は高木貞子と言い、教員養成所の同期生で、県内の他の中学で教鞭をとっていると祥子が紹介した。黒縁の眼鏡をかけており、祥子よりも小柄な背格好で愛嬌のある可愛い女性であった。

バスが発着する場所まで少し歩き、十一時発に乗り込んで峠に向かった。

峠は上州と信州に跨る旧中山道の要衝の地にあった。江戸時代にはメインストリートとして多くの人が行き交い、文化が育まれた。現在は幾多の道路が作られ、他の交通手段も発達して、峠は旧跡として存在しているに過ぎない。それでも時々こうして我々がそうであるように歩く人もいる。

正雄が二人のために少し仕入れた知識を披歴すると、祥子は微笑んで聞いていた。石段を少し上った神社に詣でると視界が広がった。右手の八ヶ岳と蓼科は夏の雲に覆われて霞んでいたが、秩父連山の左には関東平野が遠くまで見渡せた。二人は初めて見る景観をカメラに収めている。ここは標高が一〇〇〇メートルを超えているので、真夏にも拘らず橡やクヌギの大木の葉を揺らす風は爽やかであった。

四人はゆっくりと古道を下り始めた。

妻はかつて教員を経験しているので二人とは共通の話題に事欠かないのか、正雄の存在を忘れて喋っている。正雄はその方が気楽であった。

「あ、きれいな蝶がいる」

貞子が大きな声を出した。

「アサギマダラよ、高山でよく見られる渡りをする蝶」

祥子が答えた。その蝶は三毛猫のような三色のまだら模様をしており、比較的大型であった。

「そこにあるフジバカマなどの蜜を吸って生きていて、寒くなると南に移動して遠く台湾まで行った例もあるすごい蝶ね」

蝶は四人の傍らを飛び交い、先導するかのようにしばらくついて来た。

古道は整備されていて歩きやすく、それに下るばかりで妻も正雄も疲れを感じることなく歩き切った。

三時間余りで麓の温泉施設に到着した。

汗を流した後、広間の一角で乾杯して行程を振り返って暫しの時間を過ごした。正雄はコップ一杯のビールで久しぶりに酔ってしまい、妻や祥子たちに冷やかされてしまった。

横川駅で二人と別れて、バスでの帰路途中、妻が「いい子たちね、今度は家にでも招きましょうよ」と本気で言った。


九月になっても祥子からは何の便りもなかった。夏休みとは言え自由に歩き回ってばかりとはいかないに違いない。二学期に向けて準備もあるのだろう。

正雄は曽良のこれまで得た資料を吟味し、自分の意見なども取り入れてまとめることに着手した。また祥子に勧められた他の俳人については、正雄の居住する周辺で作られた作品などを探すため地元や県外の図書館にまで足を延ばしていた。

朝夕はストーブが必要になった十月の初め、思わぬ人から小包が届いた。祥子が連れてきた高木貞子からであった。

碓氷峠のお礼が今頃になり申し訳ありません。

珍しい蝶との出会い、峠の道を歩くと遥か昔が偲ばれてそこへタイムスリップしたようでした。

お昼のお弁当美味しかった。遠足で持たされた母の味を久しぶりに思い出しました。先人たちは自らの足で物を見て感じて歌や物語などの作品を生み出しました。今に生かされている私たちと全く違った感性だったのでしょう。

私は「西行」が入門したきっかけでした。祥子に勧められて読んだ『西行物語』、創作されたものですが、人となり、生きざまを享受された気がします。その後、下手な短歌や俳句などに手を染めています。

ところで祥子はちょっと体調を崩して静養中です。でも心配には及びません。すぐに笑顔で戻ります。

同封した本は祥子に頼まれたものでお送りします。重ねて祥子とともにお礼を述べさせていただきます。有難うございました。

高木貞子

まさか祥子が体調を崩していたとは、碓氷の峠を歩いた時の溌剌とした祥子の顔からはわからなかった。しかも貞子に便りを依頼したとなると重症なのかもしれない。妻も心配そうに貞子の便りに目を通している。杞憂かもしれない。「貞子の書いてあることを信じよう」と妻に言ったものの、正雄の不安は消えなかった。

同封されていたのは『俳人曽良の生涯』（高西桃三著）という単行本であった。発行は二〇一五年で祥子に出会う直前であった。

ページをめくると一枚の紙が挟まれているのに気がついた。祥子のメモで丁寧な文字が書かれていた。

ちょっと疲労がたまっただけ心配しないでください。この本はフィクションだけど、曽良をめぐる論争に終止符を打つような展開になっています。

※曽良と幕府の接点

家康の六男、忠輝が諏訪藩に蟄居されていた時に落胤として曽良が誕生した。

※巡見使として任務中に壱岐で没

幕府から密命が出て秘密裏に江戸に戻された。現地の巡見使は行方知れずになった曽良を死んだものとして報告

※榛名になぜ曽良が

家康の眠る日光と父忠輝の墓がある諏訪の中間点（八〇キロ）で鬼門を考慮、上野寛永寺直轄の榛名神社を余生の地とした。寺社奉行はこれを許可

詳しくは本文を。史実には基づいていると思います。

貞子にお礼の手紙を託したのは重複しない配慮だけです。この通りピンピンしていますから。曽良が足跡を残した壱岐行は又の機会とします。

祥子

祥子からの便りはこれが最後であった。

当地では初霜の便りも聞かれる十一月初旬に祥子からではなく、貞子から二回目の手紙が来た。


悲しいお知らせです。

祥子は悪性の病にかかり三日前に病院で急逝しました。

碓氷峠に行った後受けた定期健診で病が発見されました。近親者には余命は長くないと告知されていたそうです。間もなく私もそれを知りました。

入退院を繰り返していましたが、たぶん亡くなる大分前から本人も不治の病だとはわかっていたのではないかと思います。というのはその頃見舞ったところ祥子から紙片を渡されました。それには次の歌が書かれていました。

仏には　桜の花を　奉れ
わが後の世を　人とぶらはば

仏という表現が引っかかったので、これを持ち帰り調べてみたところ、西行の辞世の歌とされていて、祥子からもらった『西行物語』の後段にのっていました。私はそこで祥子は既に覚悟していると思いました。

祥子から、窪さんには心配させたくないので知らせないでほしいと頼まれていたので今となってしまいました。

「曽良」のこと聞いていますが、良きパートナーを失った窪さんのお気持ちお察しします。祥子は私にとっても大切な親友でいろいろ教示を受けました。

どうか良き思い出としていつまでも祥子のことを忘れないでください。

高木貞子

妻に手紙を渡して、二階の自分の部屋で久しぶりに涙を流した。

祥子とは短い接触しかない。祥子のこともよくは知らない。だが、貞子と同じように正雄にとっても大切なものを失くしてしまった気がする。こんな別れがなければ、祥子とはこれからも交流が続いたに違いない。

窓から庭を覗くと吉沢にもらって育てたホド芋の蔓が三メートルも伸びて、色づいた周りの木々の葉に同化するように、鮮やかな黄金色に輝いていた。

軽井沢に二人が来た時には、白い藤花によく似ているがそれよりも小さく、花弁の先にほんのりと紫色を彩ったこの花が満開であった。

あの時に祥子に見せておけばよかった。

終

参考文献

「俳人五逸伝」
『芭蕉論』野口米次郎　春秋社　一九二九年
『一茶 七番日記（上）』丸山一彦校注　岩波書店　二〇〇三年
『おくの細道』萩原恭男校注　岩波書店　一九八七年
『信濃の一茶』矢羽勝幸　中央公論社　一九九四年
『倉渕村史』
『榛名町誌』
『松井田町誌』
『高崎市誌』
『安中市誌』

「ホドの花」

『旅人・曾良と芭蕉』岡田喜秋　河出書房新社　一九九一年
『謎の旅人　曽良』村松友次　大修館書店　二〇〇二年
『俳人曽良の生涯』高西桃三　芦書房　二〇一五年
『榛名町誌　通史編（下巻）』榛名町誌刊行委員会　二〇一二年
「曾良傳存疑」（『文学』四月号）渡邊徹　岩波書店　一九三八年
「『曾良傳存疑』を拝読す」（『信濃』五月号 第七巻 第五号）等々力鎌一　信濃史学会　一九三八年

あとがき

『俳人五逸伝』


五逸は江戸末期に現存した俳人である。だがほとんどの人が耳にしたことがない。

私は小林一茶の『七番日記』に「松井田宿で今夜五逸という俳人と会う……」と記述されているのをたまたま発見し、私の故郷松井田（群馬県）での出来事であったため興味を引かれて調べる気になった。

五逸とは何者だろうか。一茶の『留別渭浜庵』『俳人住所録』に記録されている俳人仲間二百五十名の中にも見出せなかった。

ある日、友人と倉渕村（現高崎市）の蓮華院という寺にあるという芭蕉碑を見に行った。碑は見つからない。住職も留守であった。

後日知り合いを訪ねた。その人は歴史に興味を持っていて、群馬県内の自治体の「〇〇史誌」はすべて保有していると聞いていた。そして『倉渕村誌』を見せてもらった。何か手がかりがあるのでは、と思ったからだ。村史には思ったとおり、蓮華院にあるという碑に彫られていた芭蕉の句、及び建立した経緯の説明が載っていた。

観音のいらか見やりつ花の雲　　芭蕉

「芭蕉碑については寺内にあったが、一時行方が分からなくなって、年月を経てから、道路工事中に、四つに割られて地中にあったものが発見された。今では寺の本堂に保存されている」とあり、石碑の背面には「蓮華院境内に文化四年に建てられた。村の旭石・龍秀が願主となり、江戸松露庵系の行脚俳人五逸坊の後見で建碑された」と彫られていたという。五逸の手がかりようやく見つかった。

その後、高崎市図書館、渋川歴史館などを巡り、ようやく五逸が編纂した句集『華の春』の原本にまでたどり着いた。

これが『俳人五逸伝』を書こうときめた経緯である。

若葉という女性は『華の春』に、

快よやとちら向ても花の春　　若葉

この句をのせている。

『華の春』には百有余名の句が寄せられているが、女性は三人しかいない。江戸期には旦那の遊びであった作句に参加したのは、それなりの人であったのだろう。若葉はその一人で、五逸と音信不通となってから数年後に薬師堂の近くに芭蕉碑を建てた時にも発起人に名を連ねている。

文中では若葉を「サキ」として五逸にからめた。

後のことだが、アプト式鉄道で知られた信越線の横川機関区で機関士として仕事をしながら文学に秀でて『機関士ナポレオンの退職』で芥川賞次点にまでいった清水寥人（本名良信）さんや群馬県の著名な歴史学者萩原進さんも五逸を捜したが、まったく手掛かりがつかめなかった、と書いている。当時は通信手段も少なく、情報を手にすることは難しかったのだろう。

『太平花は咲くのか』

一部の知人などに公開した時に複数の人から「ノンフィクションだろう」「主人公は貴方だな」と言われた。「いやフィクションだ」とこれを否定したが、誰もがそれを信じようとしなかった。だが内心ではノンフィクションと思わせる臨場感のある作品ができたことに自己満足的な気持ちにもなった。

中国という大国を数回訪れて人々と交流したり、文書などを色々読んで感じたままを活字にしてみた。避けて通れないのは現政権の評価であろう。また、これに反対する側の動きにも触れなければならない。

十三億人という人々を導くのは大変なことだ。だから時には強権的に物事を進めようとする意図は理解できないことでもない。しかし一党独裁の弊害も知らねばならない。一九四九年の建国以来、この大きな国をゆるがす事件が何度か起きた。未だそれはくすぶっている。

閉そく的な権力機構の中で「太平花」は平和の象徴だと言った、元首相朱鎔基さん。歯に衣着せぬ発言や行動をする指導者が存在する限り、この国の未来に期待ができる気がする。

『ホドの花』

俳聖芭蕉と「おくの細道」で同道した弟子曽良が、群馬県の榛名神社に生存していたという学説が昭和初期に発表された。研究者の間ではケンケンゴウゴウの論争があったという。

最近でも関係した文章がいくつか出版されている。

一人の女性がこれに興味を抱き、その話を聞いた主人公が共に曽良の足跡を追う、という物語にした。

人との出会いと別れは突然訪れる。主人公に定年後の生き方をさし示してくれた女性はあっけなく亡くなってしまう。悲しい結末にしたが、一人寂しく涙を流す主人公は筆者である私の胸中に常に存在しているロマンの一つではないか、と今も時々思う。

最後に『俳人五逸伝』では江戸期に発刊された『華の春』へと導いてくれた渋川歴史館の方々、『ホドの花』では史誌や資料を提供してくださった田村力さん、榛名歴史館の元館長清水喜臣さん、作品の内容にアドバイスをいただいた清水昇さんなど、皆様のお力添えによりに三作品が完成に至ったことをお伝えし、感謝申し上げます。

令和五年三月

岡田 孝一

著者プロフィール

岡田 孝一（おかだ こういち）
1945 年（昭和 20 年）生まれ
群馬県松井田町（現安中市）出身、長野県軽井沢在住
県立富岡高等学校卒業
国鉄高崎鉄道管理局入社
電車運転士として勤めた後、JR 東日本高崎支社籠原運輸区副区長、
JR 高崎鉄道サービス高崎事業所所長となり定年退職
現在、軽井沢町日本中国友好協会理事

華の記憶

2023年 5 月15日　初版第 1 刷発行

著　者　岡田 孝一
発行者　瓜谷 綱延
発行所　株式会社文芸社
〒 160-0022　東京都新宿区新宿 1－10－1
電話　03-5369-3060（代表）
03-5369-2299（販売）

印刷所　株式会社フクイン

ISBN978-4-286-24107-4